卞尺丹几乙し丹卞と
Translated Language Learning

Alice's Adventures in Wonderland

이상한 나라의 앨리스의 모험

Lewis Carroll

루이스 캐롤

English / 한국어

Down the Rabbit Hole
토끼굴 아래로

Alice was beginning to get very tired
앨리스는 몹시 피곤해지기 시작했다
she was sitting by her sister on the grass bank
그녀는 풀밭에서 언니 곁에 앉아 있었다
but she had nothing to do
하지만 그녀는 할 수 있는 일이 없었다
her sister was reading a book
그녀의 여동생은 책을 읽고 있었다
once or twice Alice peeped into the book
한두 번쯤 앨리스는 책을 들여다보았다
but the book had no pictures or conversations in it
그러나 그 책에는 그림이나 대화가 전혀 없었다
"what use is a book without pictures?," thought Alice
"그림이 없는 책이 무슨 소용이 있겠어?" 앨리스는
생각했다
"why would a book have no conversations?"
"왜 책에는 대화가 없을까?"
but she had other things to consider

하지만 고려해야 할 다른 사항도 있었다
"making a chain of daisies would be a pleasure"
"데이지 체인을 만드는 것은 즐거움이 될 것입니다"
"but is it worth the effort of getting up and picking the daisies??"
"하지만 일어나서 데이지를 따는 노력이 가치가
있습니까??"
this was not so easy to think about
이것은 생각하기가 그리 쉽지 않았습니다
because the day was making her feel sleepy and stupid
그날이 그녀를 졸리고 바보처럼 만들었기 때문입니다
but suddenly her thoughts were interrupted
그런데 갑자기 그녀의 생각이 중단되었다
a White Rabbit with pink eyes ran close by her
분홍색 눈을 가진 흰 토끼 한 마리가 그녀 곁을 달려왔다

There was nothing overly remarkable about the rabbit
토끼에 대해 지나치게 눈에 띄는 것은 없었습니다
and Alice did not think the rabbit remarkable either
앨리스도 토끼가 대단하다고 생각하지 않았다
nor did it surprise her when the Rabbit spoke

토끼가 말을 했을 때도 그녀는 놀라지 않았다
"Oh dear! I shall be too late!" he said to himself
"이런! 너무 늦을 거야!" 그는 혼잣말을 했다
but then the Rabbit did something that rabbits didn't do
그런데 토끼가 하지 않는 일을 토끼가 했어요
the Rabbit took a watch out of its waistcoat-pocket
토끼는 양복 조끼 주머니에서 시계를 꺼냈다
he looked at the time and then hurried on
그는 시간을 보더니 서둘러 길을 나섰다
Alice got to her feet, in amazement
앨리스는 깜짝 놀라 벌떡 일어섰다
she had never seen a rabbit with a waistcoat before!
그녀는 양복 조끼를 입은 토끼를 본 적이 없었습니다!
nor had she ever seen a rabbit with a watch!
시계를 차고 있는 토끼를 본 적도 없었다!
Alice was burning with a new curiosity
앨리스는 새로운 호기심으로 불타오르고 있었다
and she ran across the field after the Rabbit
그녀는 토끼를 쫓아 들판을 가로질러 달렸다
she was just in time to see the rabbit disappear
그녀는 때마침 토끼가 사라지는 것을 보았다
the rabbit hopped down into a large rabbit-hole
토끼는 커다란 토끼굴로 뛰어 내려갔다
In another moment, down went Alice after the rabbit!
또 다른 순간, 앨리스가 토끼를 쫓아 내려갔습니다!
The rabbit-hole went straight on like a tunnel
토끼굴은 터널처럼 곧장 이어졌다
and the tunnel kept going for some distance
그리고 터널은 얼마간 계속 이어졌다
and then the path suddenly dipped down
그러다가 갑자기 길이 아래로 내려갔습니다
Alice had not a moment to think about stopping herself
앨리스는 자신을 멈출 생각을 할 틈이 없었다
she found herself falling down and down and down
그녀는 점점 아래로 떨어지는 자신을 발견했다
it seemed as if she had fallen down a very deep well

마치 아주 깊은 우물에 빠진 것 같았다
Either the well was very deep, or she fell very slowly
우물이 너무 깊었거나, 아니면 아주 천천히 떨어졌거나,
둘 중 하나였다
because she had plenty of time to fall
넘어질 시간이 충분했기 때문이다
as she was falling she could look all around her
그녀가 넘어지면서 그녀는 주위를 둘러볼 수 있었다
First, she tried to make out where she was going
먼저 그녀는 자신이 어디로 가고 있는지 알아내려고
노력했습니다
but the well was too dark to see anything
그러나 우물은 너무 어두워서 아무것도 볼 수 없었다
then she looked at the sides of the well
그러고는 우물의 옆면을 바라보았다
and she noticed that there were cupboards all around her
그리고 그녀는 그녀 주변에 찬장이 있다는 것을
알아챘습니다
and all around the well were book-shelves
그리고 우물 주위에는 온통 책꽂이가 있었다
here and there she saw maps and pictures hung upon pegs
여기저기서 말뚝에 걸려 있는 지도와 그림들을 보았다
She took down a jar from one of the shelves as she passed
그녀는 지나가면서 선반 중 하나에서 항아리를 꺼냈다
the jar was labelled for its content
항아리에는 내용물에 대한 라벨이 붙어 있었습니다
"MARMALADE MADE FROM ORANGES"
"오렌지로 만든 마멀레이드"
**but, to her great disappointment, the marmalade jar was
empty**
그러나 실망스럽게도 마멀레이드 항아리는 비어
있었습니다
she did not want to drop the empty marmalade jar
그녀는 빈 마멀레이드 항아리를 떨어뜨리고 싶지 않았다
and her fall was very slow
그리고 그녀의 추락은 매우 느렸다

so she managed to put the marmalade jar into one of the
cupboards
그래서 그녀는 마멀레이드 항아리를 찬장 중 하나에
넣을 수 있었습니다
Down, down, down she fall!
아래로, 아래로, 아래로 그녀는 쓰러진다!
Would the fall ever come to an end?
언젠가 타락이 끝날 것인가?
There was nothing else to do
달리 할 일이 없었다
so Alice soon began talking to herself
그래서 앨리스는 곧 혼잣말을 하기 시작했다
"Dinah will miss me very much tonight, I should think!"
"디나가 오늘 밤 나를 몹시 그리워할 거야,
생각해봐야겠어!"
Dinah was Alice's cat
디나는 앨리스의 고양이였어요
"I hope they'll remember her saucer of milk at tea-time"
"티타임에 그녀의 우유 접시를 기억하길 바란다"
"Dinah, my dear, I wish you were down here with me!"
"디나, 얘야, 너가 나와 함께 여기 있었으면 좋겠어!"
Alice felt that she was dozing off
앨리스는 꾸벅꾸벅 졸고 있는 것 같았다
and then suddenly, thump! thump!
그러다가 갑자기, 쿵! 쿵!
down she fell upon a heap of sticks
그녀는 나뭇가지 더미 위에 쓰러졌다
and she landed on a pile of dry leaves
그리고 그녀는 마른 나뭇잎 더미 위에 내려앉았다
and finally the long fall down the hole was over
그리고 드디어 홀 아래로 길게 떨어지는 것이
끝났습니다
Alice was not a bit hurt
앨리스는 조금도 다치지 않았다
and she jumped up within a moment
그리고 그녀는 순식간에 벌떡 일어섰다

She looked up, but it was all dark overhead
그녀는 위를 올려다보았지만, 머리 위는 온통 어두웠다
in front of her was another long corridor
그녀 앞에는 또 다른 긴 복도가 있었다
and the White Rabbit was still in sight
그리고 흰 토끼는 여전히 시야에 있었다
he was hurrying down the corridor
그는 서둘러 복도를 걸어가고 있었다
There was not a moment to be lost
한 순간도 허비할 수 없었다
off ran Alice like the wind
앨리스는 바람처럼 달렸다
around the corner turned the rabbit
모퉁이를 돌면 토끼가 돌아 섰다.
she was just in time to hear the rabbit
그녀는 때마침 토끼의 목소리를 들을 수 있었다
""Oh, my ears and whiskers"
"오, 내 귀와 수염"
"how late it's getting!"
"얼마나 늦어지고 있니!"
She was close behind the rabbit
그녀는 토끼 뒤에 바짝 붙어 있었다
she turned around another corner
그녀는 다른 모퉁이를 돌아섰다
but the Rabbit was no longer to be seen
그러나 토끼는 더 이상 볼 수 없었다
She found herself in a long, low hall
그녀는 길고 낮은 복도에 있는 자신을 발견했다
the hall was lit up by a row of ceiling lamps
홀은 일렬로 늘어선 천장 램프로 불을 밝히고
있었습니다
There were doors all around the hall
회관 주위에는 온통 문이 있었다
but all the doors were locked
그러나 모든 문은 잠겨 있었다
she walked all the way down one side of the hall

그녀는 복도 한쪽으로 쭉 걸어 내려갔다
and she had walked all the way up the other side of the hall
그리고 그녀는 복도 반대편까지 걸어갔다
she had tried every door
그녀는 모든 집을 방문해 보았다
and she walked sadly down the middle of the hall
그리고 그녀는 슬픈 표정으로 복도 한가운데로 걸어갔다
"how am I ever going to get out again?"
"내가 어떻게 다시 나갈 수 있을까?"

Suddenly she came upon a little table
갑자기 그녀는 작은 탁자 위로 올라왔다
the table was made entirely of solid glass
테이블은 전체가 단단한 유리로 만들어졌습니다
There was nothing on the table but a tiny golden key
탁자 위에는 작은 황금 열쇠 외에는 아무것도
없었습니다
the key might belong to one of the doors!
열쇠는 문 중 하나에 있을 수 있습니다!
but, alas! some of the locks were too large for the keys
그러나 슬프게도! 일부 자물쇠는 열쇠에 비해 너무

컸습니다.
and for the other locks the key was too small
그리고 다른 자물쇠의 경우 열쇠가 너무 작았습니다.
but, at any rate, the key opened none of the doors
그러나 어쨌든 열쇠는 어떤 문도 열지 않았다
but what was she to do?
하지만 그 여자는 어떻게 해야 하였습니까?
she went through the hall again
그녀는 다시 복도를 통과했다
and this time she noticed a low curtain
그리고 이번에는 낮은 커튼을 발견했습니다
behind the curtain was a little door
커튼 뒤에는 작은 문이 있었다
the door was about fifteen inches high
문의 높이는 약 15인치였습니다
She tried the little golden key in the lock
그녀는 자물쇠에 있는 작은 황금 열쇠를 시험해 보았다
and to her great delight, the key fit in the lock!
그리고 매우 기쁘게도, 열쇠는 자물쇠에 맞았습니다!
Alice opened the door
앨리스가 문을 열었다
and she found the door led into a small corridor
그리고 그녀는 작은 복도로 통하는 문을 발견했다
the corridor was not much larger than a rat-hole
복도는 쥐구멍보다 그리 크지 않았다
she knelt down and looked along the corridor
그녀는 무릎을 꿇고 복도를 둘러보았다
and she saw the loveliest garden you have ever seen
그리고 그녀는 당신이 본 가장 아름다운 정원을
보았습니다
how she longed to get out of that dark hall
그녀는 그 어두운 복도에서 벗어나기를 얼마나
갈망했는지
how she wanted to wander among those bright flowers
그녀는 그 밝은 꽃들 사이를 얼마나 거닐고 싶었는지
how cool refreshing those fountains looked

그 분수를 상쾌하게 하는 것이 얼마나 시원해 보였는지
but she could not even get her head through the doorway
하지만 문틈으로 머리조차 들어갈 수 없었다
"Oh," said Alice, mournfully
"아," 앨리스가 슬픈 목소리로 말했다
"how I wish I could fold up like a telescope!"
"망원경처럼 접을 수 있다면 얼마나 좋을까!"
"I think I could fold up like a telescope"
"망원경처럼 접을 수 있을 것 같아요"
"if I only knew how to begin"
"시작하는 방법을 알았더라면"
Alice went back to the table
앨리스는 다시 테이블로 돌아갔다
there was the chance of finding another key
다른 열쇠를 찾을 수 있는 기회가 있었습니다
or there might be a book of rules
또는 규칙서가 있을 수도 있습니다
the book could tell her how to fold up like a telescope
책은 그녀에게 망원경처럼 접는 방법을 알려줄 수
있었다
This time she found a little bottle
이번에는 작은 병을 찾았습니다
"this bottle certainly was not here before," said Alice
"이 병은 분명 전에 여기에 없었던 거야." 앨리스가
말했다
and tied around the neck of the bottle was a paper label
그리고 병의 목에는 종이 라벨이 묶여 있었습니다
the label was beautifully printed in large letters
라벨은 큰 글씨로 아름답게 인쇄되어 있었습니다
"DRINK ME"
"나를 마셔라"
"No, I'll look first," she said
"아뇨, 먼저 볼게요." 그녀가 말했다
"I'll see whether the bottle is marked as poisonous or not,"
"병에 독이 있는지 없는지 확인하겠습니다."
because she never forgot the lesson about poison

독약에 대한 교훈을 결코 잊지 않았기 때문이다
"if a bottle is labelled poisonous, it's bound to disagree with you"
"병에 독성이 있다는 라벨이 붙어 있다면, 그것은 당신의 의견에 동의하지 않을 수밖에 없습니다"
However, this bottle was not marked as poisonous
그러나 이 병에는 독이 있는 것으로 표시되어 있지 않았습니다
so Alice ventured to taste the content of the bottle
그래서 앨리스는 용기를 내어 병의 내용물을 맛보았습니다
she found the liquid quite to her liking
그녀는 그 액체가 아주 마음에 들었다
the drink had a sort of mixed flavour
그 음료는 일종의 혼합 된 맛이있었습니다
cherry-tart, custard, and pineapple
체리 타르트, 커스터드, 파인애플
roast turkey, toffee, and toast with hot butter
칠면조, 토피 구이, 뜨거운 버터로 토스트
and she soon finished off the bottle
그리고 그녀는 곧 병을 다 마셨다
"What a curious feeling!" said Alice
"참 신기한 느낌이야!" 앨리스가 말했다
"I am folding up like a telescope!"
"나는 망원경처럼 접히고 있다!"
And she was folding up like a telescope indeed!
그리고 그녀는 정말로 망원경처럼 접혀 있었습니다!
She was now only ten inches high
그녀의 키는 이제 겨우 10인치에 불과했다
and her face brightened up at her thoughts
그녀의 생각에 얼굴이 밝아졌다
now she was the the right size for the little door
이제 그녀는 작은 문에 적합한 크기였습니다
now she could go into that lovely garden
이제 그녀는 그 아름다운 정원에 들어갈 수 있었다
soon she stopped getting smaller

얼마 지나지 않아 그녀는 더 이상 작아지지 않았다
she decided on going into the garden at once
그녀는 당장 정원으로 들어가기로 했다
but, alas for poor Alice!
그러나 슬프게도, 불쌍한 앨리스에게!
she got to the door
그녀는 문에 도착했다
but she had forgotten the little golden key
하지만 그녀는 그 작은 황금 열쇠를 잊어버렸다
she went back to the table for the key
그녀는 열쇠를 찾으러 테이블로 돌아갔다
but she found she could not reach high enough
그러나 그녀는 자신이 충분히 높이 올라갈 수 없다는
것을 알게 되었습니다
she could see the key quite plainly through the glass
그녀는 유리를 통해 열쇠를 아주 분명하게 볼 수 있었다
she tried to climb up the legs of the table
그녀는 탁자의 다리를 기어오르려 했다
but the glass was far too slippery
그러나 유리는 너무 미끄럽습니다
eventually she tired herself out with trying
결국 그녀는 노력으로 지쳐 버렸다
and the poor little girl sat down and cried
그리고 가엾은 소녀는 주저앉아 울었다
Alice spoke to herself rather sharply
앨리스는 다소 날카롭게 혼잣말을 했다
"Come, there's no use in crying like that!"
"이리 와, 그렇게 울어봐야 소용없어!"
"I advise you to stop right this minute!"
"지금 당장 멈추는 게 좋겠어!"
She generally gave herself very good advice
그녀는 대체로 스스로에게 아주 좋은 충고를 해주었다
though she very seldom followed her own advice
그녀는 자신의 충고를 거의 따르지 않았지만
and she sometimes was too harsh on herself
그리고 그녀는 때때로 자신에게 너무 가혹했다

and her words brought tears into her eyes
그녀의 말에 그녀의 눈에는 눈물이 고였다
Soon her eye fell upon a little glass box
이윽고 그녀의 시선은 작은 유리 상자에 꽂혔다
the little glass box was lying under the table
작은 유리 상자는 탁자 밑에 놓여 있었다
in the glass box was a very small cake
유리 상자 안에는 아주 작은 케이크가 들어 있었습니다
on the cake some words were beautifully written
케이크 위에는 몇 가지 단어가 아름답게 쓰여져
있습니다
the words had been marked in currants
그 단어는 건포도로 표시되어 있었다
"EAT ME"
"나를 먹어라"
"Well, I'll eat the cake," said Alice
"그럼, 케이크는 내가 먹을게." 앨리스가 말했다
"and if the cake makes me grow larger, I can reach the key"
"그리고 케이크가 나를 더 크게 만든다면, 나는 열쇠에
닿을 수 있어"
"and if the cake makes me grow smaller, I can creep under
the door"
"그리고 케이크가 나를 더 작게 만든다면, 나는 문
아래로 기어들어갈 수 있어"
"so either way I'll get into the garden"
"그러니까 어쨌든 나는 정원으로 들어갈 거야"
"and I don't care which of the two happens!"
"그리고 나는 둘 중 어느 것이 일어나든 상관하지 않아!"
She ate a little bit of the cake
그녀는 케이크를 조금 먹었다
and she anxiously spoke to herself:
그리고 그녀는 걱정스럽게 혼잣말을 했다.
"Which way? Which way?"
"어느 쪽이요? 어느 쪽으로?"
and she held her hand on her head
그리고 그녀는 그녀의 머리에 손을 얹었다

she wanted to feel which way she was growing
그녀는 자신이 어떤 방식으로 성장하고 있는지 느끼고
싶었습니다
she was quite surprised to find what had happened
그녀는 무슨 일이 있었는지 알고는 매우 놀랐습니다
she had remained the same size!
그녀는 같은 크기를 유지하고 있었습니다!
so this time she doubled her efforts
그래서 이번에는 노력을 두 배로 늘렸습니다
and soon she finished off the whole cake
그리고 곧 그녀는 전체 케이크를 완성했습니다

The Pool of Tears
눈물의 웅덩이

"This is getting more and more interesting!" cried Alice
"이거 점점 더 흥미로워지고 있어!" 앨리스가 소리쳤다
You can see she was very surprised
그녀가 매우 놀랐다는 것을 알 수 있습니다
"I'm opening out like the largest telescope there ever was!"
"나는 이제껏 존재했던 가장 큰 망원경처럼 펼쳐지고 있다!"
"Good-bye, feet! Oh, my poor little feet"
"안녕, 발! 오, 나의 불쌍한 작은 발이여"
"I wonder who will put on your shoes for you now, dears?"
"이제 누가 너를 위해 신발을 신어 줄지 궁금하구나, 얘들아?"
"and I wonder who will put on your stockings?"
"그리고 누가 당신의 스타킹을 신을지 궁금합니다."
"I shall be a great deal too far away"
"나는 너무 멀리 떨어져 있을 것이다"
"I won't be able trouble myself about you anymore"
"더 이상 너 때문에 괴로워하지 않을 거야"
Just at this moment her head struck against something
바로 이 순간 그녀의 머리가 무언가에 부딪혔다
she had reached the roof of the hall
그녀는 복도의 지붕에 도착했다
in fact, she was now more than two meters tall
사실, 그녀의 키는 이제 2미터가 넘었습니다
and she at once took up the little golden key
그리고 그녀는 즉시 작은 황금 열쇠를 집어 들었다
and she hurried off to the garden door
그리고 그녀는 서둘러 정원 문으로 갔다
Poor Alice! There was not much she could do
불쌍한 앨리스! 그녀가 할 수 있는 일은 많지 않았다
she laid down on one side
그녀는 한쪽으로 누웠다
and she looked through into the garden with one eye
그리고 그녀는 한쪽 눈으로 정원을 들여다보았다

but to get through was more hopeless than ever
하지만 이를 헤쳐 나가는 것은 그 어느 때보다도
절망적이었다
She sat down and began to cry again
그녀는 주저앉더니 다시 울기 시작했다
She went on shedding gallons of tears
그녀는 계속해서 눈물을 흘렸다
soon there was a large pool all around her
얼마 지나지 않아 그녀 주위에는 커다란 웅덩이가
생겼습니다
and the water reached half-way down the hall
그리고 물은 복도 반쯤 내려갔다
After a time, she heard a little pattering of feet
잠시 후, 발이 덜컹거리는 소리가 들렸다
she heard the feet coming from the distance
멀리서 발소리가 들렸다
and she hastily dried her eyes to see what was coming
그리고 그녀는 무슨 일이 일어날지 보려고 황급히 눈을
닦았다
It was the White Rabbit returning
흰 토끼가 돌아왔다
he was splendidly dressed
그는 화려하게 차려입고 있었다
he had a pair of white gloves in one hand
그는 한 손에 흰 장갑을 끼고 있었다
and he had a large feather fan in the other hand
그리고 다른 손에는 커다란 깃털 부채를 들고 있었다
He came trotting along in a great hurry
그는 매우 서둘러 걸어왔다
and he muttered to himself, "Oh! the Duchess, the Duchess!"
그는 혼잣말로 중얼거렸다. 공작 부인, 공작 부인!"
"Oh! won't she be savage if I've kept her waiting!"
"아! 내가 그녀를 기다리게 했다면 그녀는 야만적이 되지
않을까!"

When the Rabbit came near her, Alice spoke
토끼가 가까이 왔을 때, 앨리스가 말했다
but she spoke in a low, timid voice
하지만 그녀는 낮고 소심한 목소리로 말했다
"sir, please stop what you're doing for one moment"
"선생님, 제발 하던 일을 잠시 멈추세요"
The Rabbit startled violently
토끼는 몹시 놀랐다
he dropped the white gloves and the feather fan
그는 흰 장갑과 깃털 부채를 떨어뜨렸다
and he scurried away into the darkness as fast as he could
그리고 그는 가능한 한 빨리 어둠 속으로 허둥지둥
달아났다
Alice picked up the feather fan and gloves
앨리스는 깃털 부채와 장갑을 집어 들었다
and she kept fanning herself while she kept talking
그리고 그녀는 계속 말하면서 자신을 부채질했다
"Dear, dear! How strange everything is today!"

"여보, 여보! 오늘은 모든 것이 얼마나 이상한가!"
"yesterday things went on just as usual"
"어제는 모든 것이 평소와 다름없이 진행되었습니다"
"Was I the same when I got up this morning?"
"오늘 아침에 일어났을 때도 나도 같았을까?"
"But if I'm not the same, there is another question"
"하지만 내가 같지 않다면 또 다른 질문이 있습니다."
"Who in the world am I?"
"나는 도대체 누구인가?"
"Ah, that's the great puzzle!"
"아, 정말 대단한 퍼즐이네요!"
As she said this, she looked down at her hands
그녀는 이렇게 말하면서 자신의 손을 내려다보았다
she was wearing one of the rabbits little white gloves
그녀는 토끼의 작은 흰 장갑 중 하나를 끼고 있었다
she hadn't noticed she put the glove on while talking
그녀는 이야기하는 동안 장갑을 낀 것을 눈치채지 못했다
"How can I have done that?" she thought
"내가 어떻게 그럴 수 있지?" 그녀는 생각했다
"I must be growing small again"
"나는 다시 작아지고 있는 것이 틀림없다"
She got up and went to the table to measure her height
그녀는 일어나서 자신의 키를 측정하기 위해 테이블로 갔다
she found that she was now about half a meter tall
그녀는 이제 자신의 키가 약 50미터라는 것을 알게 되었습니다
and she was still shrinking rapidly
그리고 그녀는 여전히 빠르게 줄어들고 있었다
She soon found out what the cause of the shrinking was
그녀는 곧 수축의 원인이 무엇인지 알게 되었습니다
the feather fan was making her smaller again!
깃털 부채가 그녀를 다시 작게 만들고 있었다!
and she dropped the feather fan hastily
그리고 그녀는 황급히 깃털 부채를 떨어뜨렸다

she dropped the feather fan just in time to save herself
그녀는 자신을 구하기 위해 때마침 깃털 부채를
떨어뜨렸다
had she fanned herself any longer she would have shrunk
away entirely
그녀가 더 이상 부채질을 하지 않았더라면 그녀는
완전히 움츠러들었을 것이다
"That was a narrow escape!" said Alice
"그건 아슬아슬한 탈출이었어!" 앨리스가 말했다
and she was a good deal frightened at the sudden change
그리고 그녀는 갑작스런 변화에 상당히 겁을 먹었다
but she was very glad to find herself still in existence
그러나 그녀는 자신이 아직 살아 있다는 것을 알게 되어
매우 기뻤다
"And now, off to the garden!"
"자, 이제 정원으로 가자!"
And she ran with all speed back to the little door
그리고 그녀는 전속력으로 작은 문으로 달려갔다
but, alas! the little door was shut again
그러나 슬프게도! 작은 문이 다시 닫혔다
and the little golden key was lying on the glass table again
그리고 작은 황금 열쇠는 다시 유리 탁자 위에 놓여
있었다
"Things are worse than ever," thought the poor child
"상황은 그 어느 때보다도 나쁘다"고 가엾은 아이는
생각했다
"I never was so small as this before, never!"
"나는 이렇게 작았던 적이 없었어, 절대로!"
As she said these words, her foot slipped
그녀가 이 말을 하는 동안, 그녀의 발이 미끄러졌다
and in another moment there was a great splash!
그리고 또 다른 순간에 큰 물방울이 튀었습니다!
she was up to her chin in salt-water
그녀는 턱까지 차오른 소금물에 잠겨 있었다
Her first idea was that she had somehow fallen into the sea
그녀의 첫 번째 생각은 그녀가 어떻게든 바다에

빠졌다는 것이었습니다
However, she soon realized what she was in
하지만 그녀는 곧 자신이 어떤 상황에 처해 있는지
깨달았습니다
she was in a pool of tears
그녀는 눈물 웅덩이에 빠져 있었다
the tears she had wept when she was two meters tall
키가 2미터쯤 되었을 때 흘렸던 눈물

Just then she heard something
바로 그때 무언가가 들렸다
something was splashing about in the pool
수영장에서 무언가가 튀고 있었다
the splashing came from a little way off
튀는 소리는 조금 떨어진 곳에서 나왔습니다
and she swam nearer to see what the splashing was
그리고 그녀는 물이 튀는 것이 무엇인지 보려고 더
가까이 헤엄쳐 갔다
she soon saw that it was only a little mouse

그녀는 곧 그것이 단지 작은 쥐에 불과하다는 것을
알았습니다
the little mouse had slipped in to the water too
작은 쥐도 물속으로 미끄러져 들어갔다
Alice thought to herself about the situation
앨리스는 그 상황에 대해 속으로 생각했다
"Would it be of any use to speak to this mouse?"
"이 쥐에게 말을 걸어도 소용이 있겠는가?"
"Everything is so up-side-down down here"
"여기는 모든 것이 너무 거꾸로 되어 있습니다."
"I should think very likely this mouse can talk"
"나는 이 쥐가 말을 할 수 있을 가능성이 매우 높다고
생각해야 한다."
"at any rate, there's no harm in trying"
"어쨌든, 노력하는 것은 나쁠 것이 없습니다"
So she began trying to talk to the mouse
그래서 그녀는 쥐와 대화를 시도하기 시작했습니다
"Oh Mouse, do you know the way out of this pool?"
"오 마우스, 이 수영장에서 나가는 길을 아세요?"
"I am very tired of swimming about here, Oh Mouse!"
"여기서 수영하느라 너무 지쳤어, 오 생쥐야!"
The mouse looked at her rather inquisitively
생쥐는 다소 호기심 어린 눈빛으로 그녀를 바라보았다
the mouse seemed to wink with one of its little eyes
쥐는 작은 눈 하나로 윙크하는 것 같았다
but the little mouse said nothing
그러나 작은 쥐는 아무 말도 하지 않았다
"Perhaps the mouse doesn't understand English," thought
Alice
"아마 쥐가 영어를 이해하지 못할지도 몰라." 앨리스는
생각했어요
"I dare say it's a French mouse"
"감히 프랑스 쥐라고 말할 수 있습니다."
"perhaps this mouse came over with William the Conqueror"
"어쩌면 이 쥐는 정복자 윌리엄과 함께 왔을지도 모른다"
So she began again, in French

그래서 그녀는 프랑스어로 다시 시작했다
"Where is my cat?" she asked in French
"내 고양이는 어디 있어요?" 그녀는 프랑스어로 물었다
it was the first sentence in her French lesson-book
그녀의 프랑스어 수업 책의 첫 문장이었다
The Mouse gave a sudden leap out of the water
생쥐는 갑자기 물 밖으로 뛰어내렸다
and the mouse seemed to quiver all over with fright
그리고 쥐는 겁에 질려 온몸을 떨고 있는 것 같았다
"Oh, I beg your pardon!" cried Alice hastily
"아, 용서를 구하네!" 앨리스가 황급히 외쳤다
she was afraid that she had hurt the poor animal's feelings
그녀는 자신이 그 불쌍한 동물의 감정을 상하게 할까 봐
두려웠다
"I quite forgot you didn't like cats"
"네가 고양이를 좋아하지 않는다는 걸 꽤 잊었어"
**"I don't like cats!" cried the Mouse in a shrill, passionate
voice**
"나는 고양이를 좋아하지 않아!" 생쥐가 날카롭고
열정적인 목소리로 외쳤다
"Would you like cats, if you were me?"
"당신이 나라면 고양이를 좋아할까요?"
Alice comforted the mouse in a soothing tone
앨리스는 달래는 어조로 쥐를 위로했다
"Well, perhaps I would not like cats if I were you either"
"글쎄, 아마 나도 너라면 고양이를 좋아하지 않을지도
몰라"
"please don't be angry about the mention of cats"
"고양이 얘기에 화내지 말아주세요"
"And yet I wish I could show you our cat Dinah"
"그래도 우리 고양이 디나를 보여줄 수 있으면
좋겠어요."
"if you met her I think you'd take a fancy to cats"
"당신이 그녀를 만난다면 나는 당신이 고양이를 좋아할
것이라고 생각합니다."
"if you could only see her"

"그녀를 볼 수만 있다면"
"She is such a dear, quiet thing"
"그녀는 정말 소중하고 조용한 존재입니다"
The mouse was shaking all over
쥐는 온몸이 떨리고 있었다
Alice felt certain the mouse must be really offended
앨리스는 그 쥐가 정말로 기분이 상했을 것이라고
확신했다
"We won't talk about her any more, if you'd rather not"
"더 이상 그녀에 대해 얘기하지 않을 거야, 차라리 안
얘기하고 싶다면"
"We, indeed!" cried the Mouse
"정말로!" 쥐가 소리쳤다
the mouse was trembling down to the end of its tail
쥐는 꼬리 끝까지 떨고 있었다
"As if I would talk on such a subject!"
"마치 그런 주제에 대해 이야기할 것 처럼!"
"Our family always hated cats"
"우리 가족은 항상 고양이를 싫어했어요"
"cats; nasty, low, vulgar things!"
"고양이; 더럽고, 저열하고, 저속한 것들!"
"Don't let me hear the name again!"
"다시는 그 이름을 듣지 못하게 해!"
"I won't mention cats again indeed!" said Alice
"다시는 고양이 얘기하지 않을게요!" 앨리스가 말했다
she was in a great hurry to change the subject
그녀는 몹시 서둘러 화제를 바꿨다
"Are you... are you fond of dogs?"
"당신은... 너 개 좋아하니?"
"There is such a nice little dog near our house,"
"우리 집 근처에 정말 착한 작은 개가 있어요."
"I should like to show you the little dog!"
"작은 개를 보여주고 싶어요!"
"this little dog kills all the rats and...
"이 작은 개는 모든 쥐를 죽이고...
"oh, dear!" cried Alice in a sorrowful tone

"오, 이런!" 앨리스가 슬픈 목소리로 외쳤다
"I'm afraid I've offended you again!"
"내가 또 너를 화나게 할까 봐 두렵구나!"
the mouse was swimming away from her as fast as it could
go
쥐는 가능한 한 빨리 그녀에게서 헤엄쳐 멀어지고
있었다
and the mouse made quite a commotion in the pool
그리고 쥐는 수영장에서 꽤 소란을 일으켰습니다
So she called softly after the mouse
그래서 그녀는 조용히 쥐를 불렀다
"my dear mouse, please come back!"
"내 소중한 쥐야, 제발 돌아와!"
"and we won't talk about cats"
"그리고 우리는 고양이 얘기하지 않을 거야"
"and we don't have to talk about dogs either"
"그리고 우리는 개 얘기를 할 필요도 없어요"
When the mouse heard this, it turned around
이 말을 들은 쥐는 돌아섰습니다
and the little mouse swam slowly back to her
그리고 작은 쥐는 천천히 헤엄쳐 그녀에게 돌아왔다
the mouse's face was quite pale
쥐의 얼굴은 꽤 창백했다
and the mouse spoke, in a low, trembling voice
그리고 쥐는 낮고 떨리는 목소리로 말했다
"Let us get to the shore"
"바닷가로 가자"
"and then I'll tell you my history"
"그럼 내 역사를 말해줄게"
"and you'll understand why it is I hate cats and dogs"
"그리고 당신은 왜 내가 고양이와 개를 싫어하는지
이해할 것입니다."
It had become high time to go
갈 때가 된 것이다
because the pool was getting quite crowded
수영장이 꽤 붐비고 있었기 때문에

other birds and animals had fallen into the pool
다른 새들과 동물들이 웅덩이에 빠진 것이다
there were a Duck and a Dodo
오리와 도도새가있었습니다
and there was a Lory bird and an Eaglet
그리고 로리 새와 독수리가있었습니다
and there were several other interesting looking creatures
그리고 몇 가지 다른 흥미로운 생물이있었습니다
Alice led the way out the pool
앨리스는 수영장 밖으로 나가는 길을 안내했습니다
and the whole party of animals swam to the shore
그러자 한 무리의 동물들이 모두 물가로 헤엄쳐 갔다

A caucus race and a long tail
코커스 레이스와 롱테일
They were indeed a funny-looking bunch of animals
그들은 정말로 우스꽝스럽게 생긴 동물 무리였습니다
and they all assembled on the water's bank
그들은 모두 물가에 모였다
the birds all had bedraggled feathers
새들은 모두 깃털이 휘날리고 있었다
and the furry animals were soaked through
그리고 털이 복슬복슬한 동물들은 온몸에 흠뻑 젖었다
and all were dripping wet, annoyed and uncomfortable
그리고 모든 것이 뚝뚝 떨어지고 짜증이 나고
불편했습니다

there was one question that had to be answered first
먼저 대답해야 할 질문이 하나 있었습니다
what is the best way for everyone to get dry?
모든 사람이 건조해지는 가장 좋은 방법은 무엇입니까?
They had a consultation about this matter
그들은 이 문제에 대해 상의하였다
soon they were all on familiar terms
얼마 지나지 않아 그들은 모두 익숙한 사이가 되었다

it was as if she had known them all her life
마치 평생 그들을 알고 지낸 것 같았다
the mouse seemed to be a person of some authority
그 쥐는 어떤 권위를 가진 사람인 것 같았다
"Sit down, all of you, and listen to me!
"여러분 모두 앉아서 내 말을 들어라!
"I'll soon make you all dry again!"
"곧 너희들을 다시 말리게 할 거야!"
They all sat down at once, in a large ring
그들은 모두 동시에 커다란 고리 모양으로 앉았다
and the little mouse sat in the middle
그리고 작은 쥐는 중간에 앉았습니다
"Ahem!" said the mouse with an important air
"에헴!" 생쥐가 의미심장한 어조로 말했다
"Are you all ready?"
"준비됐어?"
"This is the driest thing I know"
"이것은 내가 아는 가장 건조한 것입니다"
"Silence all around, if you please!"
"원하신다면 사방에서 조용히 하세요!"
"William the Conqueror was favoured by the pope"
"정복왕 윌리엄은 교황의 총애를 받았다"
"but he was soon submitted to by the English"
"그러나 그는 곧 영국인들에게 복종했다"
"they wanted leaders of late"
"그들은 후기의 지도자를 원했다"
"and they had been accustomed to power and conquest"
"그들은 권력과 정복에 익숙해져 있었더라"
"Edwin and Morcar, the Earls of Mercia and Northumbria"
"에드윈과 모르카, 머시아와 노섬브리아 백작"
"Ugh!" said the lori bird, with a shiver
"으윽!" 로리 새가 떨리는 목소리로 말했다
"and even Stigand, the patriotic archbishop of Canterbury"
"그리고 애국적인 캔터베리 대주교인 스티간드까지"
"he also found it advisable"
"그는 또한 그것이 바람직하다는 것을 알았다"

"What did he find advisable?" said the duck
"어떤 게 좋을까요?" 오리가 말했다
"He found it advisable" the mouse replied rather crossly
"그는 그것이 바람직하다고 생각했습니다." 쥐는 다소
무뚝뚝하게 대답했다
but the duck was not satisfied
그러나 오리는 만족하지 않았습니다
"of course, you know what 'it' means"
"물론, 당신은 '그것'이 무엇을 의미하는지 알고
있습니다."
"I know what 'it' is when I find a thing," said the duck
"나는 물건을 찾으면 '그것'이 무엇인지 안다." 오리가
말했다
"it's generally a frog or a worm"
"일반적으로 개구리나 벌레입니다"
"The question is, what did the archbishop find?"
"문제는, 대주교가 무엇을 발견했는가 하는 것입니다."
The mouse did not notice this question
마우스는이 질문을 알아 차리지 못했습니다
instead, the mouse hurriedly went on with the speech
대신, 쥐는 서둘러 말을 계속했다
"he found it advisable to go with Edgar Atheling"
"그는 Edgar Atheling과 함께 가는 것이 바람직하다는
것을 알았습니다."
"to meet William and offer him the crown"
"윌리엄을 만나 왕관을 드리기 위해"
the mouse continued, turning to Alice as it spoke
생쥐는 앨리스를 향해 몸을 돌리며 말을 이었다
"How are you getting on now, my dear?"
"여보, 지금 어떻게 지내고 있니?"
"As wet as ever," said Alice in a melancholy tone
"여느 때처럼 젖었어," 앨리스가 우울한 어조로 말했다
"this story doesn't seem to dry me at all"
"이 이야기는 나를 전혀 건조시키지 않는 것 같아"
"In that case," said the dodo solemnly, rising to its feet
"그렇다면," 도도새가 엄숙하게 말하며 일어섰다

"I vote that the meeting be adjourned"
"회의를 폐회할 것을 투표합니다."
"and I propose an immediate adoption of more energetic remedies"
"그리고 나는 더 적극적인 치료법을 즉각 채택할 것을 제안한다."
"Speak real words!" said the eaglet
"진짜 말을 해!" 독수리가 말했다
"I don't know the meaning of half of those long words"
"그 긴 단어의 절반의 의미를 모릅니다"
"and, what's more, I don't believe you know either!"
"그리고 더군다나, 너도 안다고는 생각하지 않아!"
"What I was going to say," said the dodo in an offended tone
"무슨 말을 하려던 건지." 도도새가 기분 나빠하는 어조로 말했다
"the best thing to get us dry would be a caucus-race"
"우리를 말리는 가장 좋은 방법은 코커스 경선일 것이다"
"What is a caucus-race?" said Alice
"코커스 레이스가 뭐야?" 앨리스가 말했다

"Well," said the dodo, "the best way to explain it is to do it"
"글쎄요," 도도새가 말했다, "그것을 설명하는 가장 좋은 방법은 직접 해보는 것입니다."
"First the dodo marked out a race-course"
"먼저 도도새는 경마장을 표시해 놓았다"
"the track was in a sort of circle"
"트랙은 일종의 원 안에 있었습니다."
"and then all the party were placed along the course"
"그런 다음 모든 파티가 코스를 따라 배치되었습니다."
There was no "One, two, three and away!"
"하나, 둘, 셋, 그리고 떨어져!"
but they began running when they liked
그러나 그들은 그들이 원할 때 달리기 시작했다
and they also finished when they liked
그리고 그들은 또한 그들이 좋아할 때 끝났습니다
so it was not easy to know when the race was over
그래서 경주가 언제 끝났는지 알기가 쉽지 않았습니다
after half an hour or so of running they were all quite dry
30 분 정도 달리고 나면 모두 완전히 건조했습니다
the dodo suddenly called out, "The race is over!"
도도새는 갑자기 "경주가 끝났어!" 하고 소리쳤습니다.
and they all crowded around the dodo
그리고 그들은 모두 도도새 주위로 모여들었다
all the animals were panting and puffing
모든 동물들이 헐떡거리며 숨을 헐떡이고 있었다
and they all wanted to know, "But who has won?"
그리고 그들 모두는 "그러나 누가 이겼는가?" 하고 알고 싶어 했다.
This question the dodo could not immediately answer
이 질문에 도도새는 즉시 대답할 수 없었다
first he had to do a great deal of thinking
먼저 그는 많은 생각을 해야 했다
after much thinking, the dodo finally spoke
많은 생각 끝에 도도새가 마침내 입을 열었다
"Everybody has won, and all must have prizes"
"모두가 이겼고, 모두에게 상이 있어야 한다"

"But who is to give the prizes?" asked a chorus of voices
"하지만 누가 상을 줄 것인가?" 여러 목소리가 합창으로 물었다
"Well, she, of course," said the dodo
"물론이지." 도도새가 말했다
and the dodo pointed with one finger to Alice
도도새는 한 손가락으로 앨리스를 가리켰다
and the whole party of animals crowded around her
그리고 모든 동물 무리가 그녀 주위로 몰려들었다
they called out, in a confused way, "Prizes! Prizes!"
그들은 혼란스러워하며 "상품! 경품!"
Alice had no idea what to do
앨리스는 어찌할 바를 몰랐다
in despair she put her hand into her pocket
절망에 빠진 그녀는 주머니에 손을 넣었다
and she pulled out a box of sweets
그리고 그녀는 과자 한 상자를 꺼냈다
luckily the salt-water had not got into the box
다행히 소금물은 상자에 들어가지 않았습니다
and she handed the sweets around as prizes
그리고 그녀는 과자를 선물로 건넸습니다
There was exactly one piece for everyone
모두를 위한 딱 한 조각이 있었습니다
The next thing they had to do was to eat the sweets
그 다음으로 그들이 해야 할 일은 과자를 먹는 것이었다
this caused some noise and confusion
이로 인해 약간의 소음과 혼란이 발생했습니다
the large birds complained that they could not taste their sweets
큰 새들은 단 것을 맛볼 수 없다고 불평했습니다
the small ones choked and had to be patted on the back
작은 아이들은 숨이 막혀서 등을 두드려 주어야 했습니다
However, it was over at last
그러나 결국 끝났다
and they sat down again in a ring

그리고 그들은 다시 둥글게 앉았다
and they begged the mouse to tell them something more
그리고 그들은 쥐에게 더 많은 것을 말해 달라고
간청했습니다
"You promised to tell me your history, you know," said Alice
"너의 내력을 말해주기로 약속했잖아." 앨리스가 말했다
and she made another little remark about cats in a whisper
그리고 그녀는 속삭이듯 고양이에 대해 또 한 번
언급했다
she didn't want to offend the mouse again
다시는 생쥐의 기분을 상하게 하고 싶지 않았다
the little mouse turned to Alice and sighed
작은 쥐는 앨리스를 돌아보며 한숨을 쉬었다
"Mine is a long and a sad tale!"
"내 이야기는 길고 슬픈 이야기야!"
"It is a long tail, certainly," said Alice
"확실히 긴 꼬리야." 앨리스가 말했다
and she looked down with wonder at the mouse's tail
그리고 그녀는 경이로운 눈빛으로 쥐의 꼬리를
내려다보았다
"but why do you call it a sad tail?"
"그런데 왜 슬픈 꼬리라고 부르는 거죠?"
**And she kept on puzzling about it while the mouse was
speaking**
그리고 그녀는 쥐가 말하는 동안 그것에 대해 계속
수수께끼를 풀었습니다
so that her idea of the tale was something like this
그래서 이야기에 대한 그녀의 생각은 이랬습니다

"Fury said to
a mouse, That
he met in the
house, 'Let
us both go
to law: *I*
will prosecute
you.——
Come, I'll
take no denial:
We must have
the trial;
For really
this morning
I've
nothing
to do.'
Said the
mouse to
the cur,
'Such a
trial, dear
sir, With
no jury
or judge,
would
be wasting
our
breath.'
'I'll be
judge,
I'll be
jury,'
said
cunning
old
Fury;
'I'll
try
the
whole
cause,
and
condemn
you to
death.'"

Fury said to a mouse, That he met in the house"
분노가 쥐에게 말했다, 그는 집에서 만났다고."
Let us both go to law: I will prosecute you
우리 둘 다 법으로 가자: 내가 너를 기소할 거야
Come, I'll take no denial: We must have the trial
이리 오라, 나는 부인하지 않을 것이다: 우리는 재판을
받아야 한다
For really this morning I've nothing to do
정말 오늘 아침에는 할 일이 없습니다
Said the mouse to the cur;

쥐가 커에게 말했다.
Such a trial, dear sir, With no jury or judge, would be wasting our breath
친애하는 각하, 배심원이나 판사가 없는 그런 재판은 우리의 숨을 낭비하는 것입니다
"I'll be judge, I'll be jury," said cunning old Fury
"내가 판사가 될 거야, 내가 배심원이 될 거야." 교활한 늙은 퓨리가 말했다
I'll try the whole cause, and condemn you to death
내가 모든 원인을 다 써서 너에게 사형을 선고하겠다
the mouse spoke severely to Alice
쥐는 앨리스에게 심하게 말했다
"You are not paying attention!"
"넌 주의를 기울이지 않아!"
"What are you thinking of?"
"무슨 생각을 하고 있니?"
"I beg your pardon," said Alice very humbly
"용서를 구합니다." 앨리스는 매우 겸손하게 말했다
"you had got to the fifth bend, I think?"
"다섯 번째 굽이까지 간 것 같은데?"
"You insult me by talking such nonsense!"
"그런 말도 안 되는 소리로 나를 모욕하는구나!"
and the mouse got up and walked away
그리고 쥐는 일어나서 걸어 나갔다
Alice called after the little mouse
앨리스는 작은 쥐를 불렀다
"Please come back and finish your story!"
"제발 돌아와서 네 이야기를 끝내마!"
And the others all joined in chorus
그리고 다른 사람들도 모두 합창으로 합창했다
"Yes, please do finish your story!"
"네, 제발 이야기를 끝내주세요!"
But the mouse only shook its head impatiently
그러나 쥐는 참을성 없이 고개를 저을 뿐이었다
and the little mouse walked a little quicker
그리고 작은 쥐는 조금 더 빨리 걸었습니다

"I wish I had Dinah, our cat, here!" said Alice
"우리 고양이 디나가 여기 있었으면 좋겠어!" 앨리스가
말했다
This caused a remarkable sensation among the party
이것은 당내에서 놀라운 센세이션을 일으켰다
Some of the birds hurried off at once
몇몇 새들은 즉시 서둘러 떠났다
and a Canary called out in a trembling voice, to its children;
카나리아 한 마리가 떨리는 목소리로 자식들을 불렀다.
"Come away, my dears!"
"저리 가라, 얘들아!"
"It's high time you were all in bed!"
"너희들 모두 침대에 누워 있을 때가 됐어!"
with various excuses they all went away
그들은 여러 가지 핑계를 대며 모두 가버렸다
and Alice was soon left alone
앨리스는 곧 혼자 남게 되었다
"I wish I hadn't mentioned Dinah!"
"디나 얘기를 안 했더라면 좋았을 텐데!"
"Nobody seems to like her down here"
"여기선 아무도 그녀를 좋아하지 않는 것 같아"
"but I'm sure she's the best cat in the world!"
"하지만 나는 그녀가 세상에서 가장 좋은 고양이라고
확신합니다!"
Poor Alice began to cry again
가엾은 앨리스는 다시 울기 시작했다
because she felt very lonely and low-spirited
그녀는 몹시 외롭고 우울했기 때문입니다
In a little while, however, she again heard something
하지만 잠시 후, 그녀는 다시 뭔가를 듣게 되었다
a little pattering of footsteps in the distance
멀리서 들려오는 작은 발자국 소리
and she looked up eagerly
그리고 그녀는 간절히 위를 올려다보았다

The rabbit sends in little Mr Bill
토끼는 작은 빌 씨를 보냅니다

It was the white rabbit,trotting slowly back again
흰 토끼가 다시 천천히 걸어갔다
he was looking about anxiously as he went
그는 가면서 걱정스럽게 주위를 둘러보고 있었다
he looked as if he had lost something
그는 뭔가를 잃어버린 것처럼 보였다
Alice heard him muttering to himself
앨리스는 그가 혼잣말로 중얼거리는 것을 들었다
"The Duchess! The Duchess! Oh, my dear paws!"
"공작 부인! 공작 부인! 오, 내 소중한 발!"
"Oh, my fur and whiskers!"
"오, 내 털과 수염!"
"She'll get me executed, I'm sure of that"
"그녀는 나를 처형할 거야, 난 확신해"
"just as sure as ferrets are ferrets!"
"페럿이 페럿인 것처럼 확실합니다!"
"Where can I have dropped my things, I wonder?"
"내 물건을 어디에 떨어뜨렸을까?"
Alice guessed in a moment what he was looking for
앨리스는 그가 무엇을 찾고 있는지 순식간에 짐작했다

he was looking for the feather fan
그는 깃털 부채를 찾고 있었다
and he was looking for the pair of white gloves
그리고 그는 흰 장갑 한 켤레를 찾고 있었습니다
so she very good-naturedly began looking for the gloves
그래서 그녀는 아주 친절하게도 장갑을 찾기
시작했습니다
and she looked for the feather fan too
그리고 그녀는 깃털 부채도 찾았습니다
but the gloves and feather fan were nowhere to be seen
그러나 장갑과 깃털 부채는 어디에도 보이지 않았다
everything seemed to have changed since her swim in the
pool
수영장에서 수영한 이후로 모든 것이 변한 것 같았다
nothing was the same since she had been in the great hall
그녀가 그레이트 홀에 있을 때와 지금과는 아무것도
같지 않았다
and the glass table had vanished
그리고 유리 테이블은 사라졌다
and the little door wasn't there either
그리고 작은 문도 거기에 없었습니다
Very soon the rabbit noticed Alice
토끼는 곧 앨리스를 알아차렸어요
he called to her in an angry tone
그는 화난 어조로 그녀를 불렀다
"Mary Ann, what are you doing out here?"
"메리 앤, 여기서 뭐 하는 거야?"
"Run home this moment"
"지금 당장 집으로 달려라"
"and fetch me a pair of gloves and a feather fan!"
"그리고 장갑 한 켤레와 깃털 부채를 가져와!"
"and be quick about it!"
"그리고 서두르세요!"
Alice spoke to herself as she ran off
앨리스는 도망치면서 혼잣말을 했다
"He must have mistaken me for his housemaid!"

"나를 가정부로 착각한 모양이나 봐!"
"How surprised he'll be when he finds out who I am!"
"내가 누군지 알게 되면 얼마나 놀랄까!"
As she said this, she came upon a neat little house
그녀가 이렇게 말했을 때, 그녀는 깔끔한 작은 집을
만났습니다
on the door of the house was a bright brass plate
그 집의 문에는 밝은 놋쇠판이 달려 있었다
"W. RABBIT"
"W. 토끼"
She went in without knocking on the door
그녀는 문을 두드리지도 않고 들어갔다
and she hurried straight upstairs
그리고 그녀는 곧장 위층으로 올라갔다
she worried that she might meet the real Mary Ann
그녀는 진짜 메리 앤을 만날 수 있을지 걱정했다
because then she would be turned out of the house
그렇게 되면 그 여자는 집에서 쫓겨날 것이기
때문입니다
and she wouldn't be able to find the feather fan and gloves
그리고 그녀는 깃털 부채와 장갑을 찾을 수 없을
것입니다
Alice had found her way into a tidy little room
앨리스는 깔끔한 작은 방으로 들어갔다
in the room was a table by the window
방 안에는 창가에 테이블이있었습니다
and on the table was a feather fan
그리고 탁자 위에는 깃털 부채가 있었다
and there were two or three pairs of tiny white gloves
그리고 두세 켤레의 작은 흰 장갑이 있었다
she picked up the feather fan and a pair of the gloves
그녀는 깃털 부채와 장갑 한 켤레를 집어 들었다
and she was just about to leave the room
그리고 그녀는 막 방을 나가려고 했다
but then her eyes fell upon a little bottle
하지만 이내 그녀의 시선이 작은 병에 꽂혔다

She uncorked the bottle and put it to her lips
그녀는 병의 코르크 마개를 따서 입술에 가져다 댔다
"I do hope it'll make me grow large again"
"나를 다시 크게 키울 수 있기를 바랍니다"
"I'm tired of being such a tiny little thing!"
"나는 그렇게 작고 작은 존재가 지겹다!"
Alice had hardly drunk half the bottle
앨리스는 그 병의 절반도 마시지 않았다
her head was already pressing against the ceiling
그녀의 머리는 이미 천장에 밀착되어 있었다
and she had to stoop down
그리고 그녀는 몸을 굽혀야 했다
to save her neck from being broken
그녀의 목이 부러지는 것을 막기 위해
She hastily put down the bottle
그녀는 서둘러 병을 내려놓았다
"That's quite enough"
"그 정도면 충분해"
"I hope I don't grow anymore"
"더 이상 성장하지 않았으면 좋겠어요"
Alas! It was too late to wish that!
슬프게 도! 그것을 바라기에는 너무 늦었습니다!
She went on growing and growing
그녀는 계속 성장하고 성장했습니다
and very soon she had to kneel down on the floor
그리고 얼마 지나지 않아 그녀는 바닥에 무릎을 꿇어야
했다
and even then she went on growing
그리고 그 후에도 그녀는 계속 성장했습니다
as a last resource she put one arm out of the window
최후의 수단으로 그녀는 한쪽 팔을 창문 밖으로
내밀었다
and she put one foot up the chimney
그리고 그녀는 한쪽 발을 굴뚝 위로 올렸다
"Now I can do no more, whatever happens"
"이제 나는 무슨 일이 있어도 더 이상 할 수 있는 일이 없습니다"
"What will become of me?"
"나는 어떻게 될 것인가?"

Alice had a spot of luck
앨리스에게는 행운이 따랐다
the little magic bottle had had its full effect
그 작은 마법의 병이 완전한 효과를 발휘한 것이다
and Alice grew no larger than she was
앨리스는 그녀보다 더 크게 자라지 않았다
After a few minutes she heard a voice outside
몇 분 후, 밖에서 목소리가 들렸다
and she stopped to listen to the voice
그리고 그녀는 멈춰 서서 그 목소리에 귀를 기울였다
"Mary Ann! Mary Ann!" said the voice
"메리 앤! 메리 앤!" 목소리가 말했다
"Fetch me my gloves this moment!"
"지금 당장 내 장갑을 가져와!"
Then came a little pattering of feet on the stairs
그때 계단에서 발을 살짝 튕기는 소리가 들렸다
Alice knew it was the rabbit coming to look for her
앨리스는 토끼가 자신을 찾으러 오는 것임을 알았습니다

and she trembled till she shook the house
그 여자는 집을 흔들 때까지 떨었다
she quite forgot what her proportions were
그녀는 자신의 비율이 얼마인지 잊어버렸다
she was a thousand times as large as the rabbit
그녀는 토끼보다 천 배나 컸다
and she had no reason to be afraid of a rabbit
그리고 그녀는 토끼를 무서워할 이유가 없었다
Presently the rabbit came up to the door
이윽고 토끼가 문으로 다가왔다
and the little rabbit tried to open the door
그리고 작은 토끼는 문을 열려고 했습니다
the door started to open inwards
문이 안쪽으로 열리기 시작했다
but Alice's elbow was pressed hard against the door
하지만 앨리스의 팔꿈치가 문에 세게 눌려 있었다
that attempt proved a failure
그 시도는 실패로 끝났다
Alice heard the rabbit speak to himself
앨리스는 토끼가 혼잣말을 하는 것을 들었어요
"Then I'll go around and get in through the window"
"그럼 돌아서 창문으로 들어갈게요"
"That you won't!" thought Alice
"그럴 리가 없잖아!" 앨리스는 생각했다
and she waited a little again
그리고 그녀는 다시 조금 기다렸다
soon she heard the rabbit just under the window
얼마 지나지 않아 창밖으로 토끼 울음소리가 들렸다
she suddenly spread out her hand
그녀는 갑자기 손을 뻗었다
and she made a snatch in the air
그리고 그녀는 공중에서 낚아챘다
She did not get hold of anything
그녀는 아무것도 손에 넣지 못했다
but she heard a little shriek and a fall
하지만 작은 비명과 넘어지는 소리가 들렸다

and she heard a crash of broken glass
그리고 깨진 유리가 부딪히는 소리가 들렸다
perhaps the rabbit had fallen
어쩌면 토끼가 떨어졌을지도 모른다
maybe he was in a green-house
어쩌면 그는 온실에 있었을지도 모른다
Next came an angry voice; the rabbit's voice
다음으로 성난 목소리가 들려왔다. 토끼의 목소리
"Pat, where are you?"
"팻, 어디 있니?"
And then came a voice she had never heard before
그때 그녀가 한 번도 들어본 적 없는 목소리가 들려왔다
"your honour, I'm here!"
"영광입니다, 제가 여기 있습니다!"
"I'm digging for apples"
"나는 사과를 캐고 있어요"
"Here! Come and help me out of this!"
"여기! 와서 나를 도와줘!"
"Now tell me, Pat, what's that in the window?"
"이제 말해봐, 팻, 창문에 뭐가 있지?"
"Sure, your honour, I will tell you"
"물론이지, 너의 영광이여, 내가 말해 줄게"
"it's an arm that's in the window!"
"창문에 있는 건 팔이야!"
"Well, an arm has no business there"
"글쎄, 거기에는 팔이 장사가 없습니다"
"go and take the arm away!"
"가서 팔을 치워라!"
There was a long silence after this
그 후 긴 침묵이 흘렀다
and Alice could only hear whispers now and then
앨리스는 이따금 속삭이는 소리만 들을 수 있었다
and at last she spread out her hand again
마침내 그녀는 다시 손을 뻗었다
and she made another snatch in the air
그리고 그녀는 다시 한 번 허공을 낚아챘다

This time there were two little shrieks
이번에는 두 번의 작은 비명이 들렸다
and there was more sounds of broken glass
그리고 깨진 유리 소리가 더 많이 들렸다
"I wonder what they'll do next!" thought Alice
"그들이 다음에 뭘 할지 궁금해!" 앨리스는 생각했다
"I wish they would pull me out the window"
"그들이 나를 창문 밖으로 끌어 냈으면 좋겠다"
She waited for some time
그녀는 얼마 동안 기다렸다
but for a while she didn't hear anything more
하지만 한동안 그녀는 더 이상 아무 소리도 듣지 못했다
At last came a rumbling of little wheels
마침내 작은 바퀴가 덜컹거리는 소리가 들렸다
and there came the sound of a good many voices
그리고 많은 목소리가 들려왔다
all the voices were talking together
모든 목소리가 함께 이야기하고 있었다
She could make out some of the words
그녀는 몇 가지 단어를 알아들을 수 있었다
"Where's the other ladder?"
"다른 사다리는 어디 있지?"
"Bill's got the other ladder"
"빌은 다른 사다리를 가지고 있어"
"Bill, come here!"
"빌, 이리 와!"
"Will the roof bear the load?"
"지붕이 하중을 견딜 수 있습니까?"
"Who wants to go down the chimney?"
"누가 굴뚝으로 내려가고 싶겠어요?"
"Nay, I shall not! You do it!"
"안 돼, 안 돼! 네가 해!"
"Here, Bill!"
"여기요, 빌!"
"The master says you've got to go down the chimney!"
"주인님이 굴뚝으로 내려가야 한다고 하셨어요!"

Alice drew her foot as far down the chimney as she could
앨리스는 굴뚝 아래로 최대한 발을 딛었다
and then she waited to see what was coming
그리고 그녀는 무슨 일이 일어날지 기다렸다
she heard a little animal scratching and scrambling
작은 동물이 할퀴고 허둥대는 소리가 들렸다
the little animal must be in the chimney
작은 동물은 굴뚝에 있어야합니다.
then she gave one sharp kick
그러고는 날카로운 발길질을 한 번 했다
and she waited to see what would happen next
그리고 그녀는 다음에 무슨 일이 일어날지 기다렸다
she heard a general chorus of voices
그녀는 여러 사람의 목소리를 합창하는 것을 들었다
"There goes Bill!" they all said
"저기 빌이 간다!" 그들이 모두 말했다
then she heard the rabbit's voice alone
그때 그녀는 혼자서 토끼의 목소리를 들었다
"You by the hedge, catch him!"
"산울타리 옆에 있는 놈을 잡아라!"
there was another moment of silence
다시 침묵이 흘렀다
and then there was another confusion of voices
그리고 또 다른 혼란스러운 목소리가 들려왔다
"Hold up his head, Brandy"
"고개를 들어, 브랜디"
"be careful not to choke him"
"그의 목을 조르지 않도록 조심하십시오"
"What happened to you?"
"너한테 무슨 일이 있었니?"
Last came a little feeble, squeaking voice
마지막은 약간 약하고 삐걱거리는 목소리가 들려왔다
"Well, I hardly know no more"
"글쎄요, 더 이상은 거의 모르겠어요"
"thank you all, I'm better now"
"모두 감사합니다, 이제 나아졌습니다"

"there is one thing I can remember"
"내가 기억할 수 있는 한 가지가 있다"
"something comes at me like a train in a tunnel"
"무언가가 터널 속의 기차처럼 내게 다가온다"
"and up I fly like a sky-rocket!"
"그리고 나는 하늘 로켓처럼 날아 오른다!"
there was a minute or two of silence
잠시 침묵이 흘렀다
and then they began moving about again
그러고 나서 그들은 다시 움직이기 시작했다
and Alice heard the Rabbit speak again
앨리스는 토끼가 다시 말하는 것을 들었습니다
"A barrowful will do, to begin with"
"처음에는 무덤이 이루어지는 뜻이니라"
"A barrowful of what?" thought Alice
"뭘 참을 수 있을까?" 앨리스는 생각했다
But she was not kept in suspense for long
그러나 그녀는 오랫동안 불안에 떨지 않았다
a shower of little pebbles came through the window
창문을 통해 작은 조약돌이 소나기처럼 쏟아져 들어왔다
and some of the little pebbles hit her in the face
그리고 작은 조약돌 몇 개가 그녀의 얼굴을
강타했습니다
Alice was surprised about the little pebbles
앨리스는 그 작은 조약돌들을 보고 깜짝 놀랐어요
all the little pebbles were turning into cakes
작은 조약돌들이 모두 케이크로 변하고 있었어요
and a bright idea came into her head
그리고 기발한 아이디어가 그녀의 머릿속에
떠올랐습니다
"I should eat one of these cakes"
"이 케이크 중 하나를 먹어야 해"
"cake is sure to make some change in my size"
"케이크는 내 크기에 약간의 변화를 줄 것입니다."
So she swallowed one of the cakes
그래서 그녀는 케이크 하나를 삼켰습니다

and she was delighted to find that she began shrinking
그리고 그녀는 자신이 줄어들기 시작했다는 것을 알고
기뻐했습니다
soon she was small enough to get through the door
얼마 지나지 않아 그녀는 문을 통과할 수 있을 만큼
작아졌다
she ran out of the house
그녀는 집을 뛰쳐나갔다
a crowd of little animals and birds were waiting outside
작은 동물과 새들의 무리가 밖에서 기다리고 있었습니다
all the little birds and animals rushed at Alice
모든 작은 새와 동물들이 앨리스에게 달려들었어요
but she ran off as fast as she could
하지만 그녀는 할 수 있는 한 빨리 달아났다
and soon she found herself safe in a thick wood
그리고 얼마 지나지 않아 그녀는 울창한 숲 속에서
안전한 자신을 발견했다
Alice wandered about in the woods
앨리스는 숲 속을 돌아다녔다
and she thought to herself:
그녀는 속으로 생각했다.
"I know what I have to do first"
"나는 내가 먼저 해야 할 일을 알고 있다"
"first I have to grow to my right size again"
"먼저 다시 적당한 크기로 자라야 해"
"and then I have to find my way into that lovely garden"
"그리고 나서 나는 그 아름다운 정원으로 들어가는 길을
찾아야 해"
"I suppose I ought to eat or drink something or other"
"나는 무언가 또는 다른 것을 먹거나 마셔야 할 것 같아"
"but the question is what should I eat or drink?"
"하지만 문제는 무엇을 먹고 마셔야 하느냐는 것입니다."
Alice looked all around her at the flowers
앨리스는 주위를 둘러보며 꽃을 바라보았어요
and she looked through the blades of grass
그녀는 풀잎 사이로 들여다보았다

but she could not see anything to eat or drink
그러나 먹을 것이나 마실 것을 볼 수 없었다
nothing looked like the right thing to eat or drink
먹거나 마시는 것이 옳은 것 같지 않았습니다
There was a large mushroom growing near her
그녀 근처에는 커다란 버섯이 자라고 있었다
the mushroom was about the same height as Alice
버섯의 키는 앨리스와 거의 같았다
She stretched herself up on tiptoes
그녀는 발끝으로 몸을 쭉 뻗었다
and she peeped over the edge of the mushroom
그리고 그녀는 버섯의 가장자리를 엿보았다
her eyes immediately met the eyes of a large blue caterpillar
그녀의 눈은 즉시 커다란 푸른 애벌레의 눈과 마주쳤다
the caterpillar was sitting on the top of the mushroom
애벌레는 버섯 위에 앉아 있었다
and the caterpillar had crossed all his arms
그리고 애벌레는 그의 팔짱을 끼고 있었다
and he was quietly smoking a long hookah
그리고 그는 조용히 긴 물담배를 피우고 있었다
and he took not the smallest notice of anything
그는 조금도 주의를 기울이지 않았다
and he certainly didn't pay attention to Alice
그리고 그는 확실히 앨리스에게 주의를 기울이지
않았습니다

Advice from a caterpillar
애벌레의 조언

At last the caterpillar took the hookah out of its mouth
마침내 애벌레는 입에서 물 담뱃대를 뺐습니다
and he addressed Alice in a languid, sleepy voice
그는 나른하고 나른한 목소리로 앨리스에게 말했다
"Who are you?" said the caterpillar
"넌 누구냐?" 애벌레가 말했다

Alice replied, rather shyly, "I hardly know, sir"
앨리스는 다소 수줍은 어조로 대답했다.
"just at the moment it's all a bit..."
"지금 당장은 모든 것이 조금..."
"I know who I was when I got up this morning""
"오늘 아침에 일어났을 때 내가 누군지 알아요."
"but I think I must have changed several times since then"
"하지만 그 이후로 여러 번 변한 것 같아요."
"What do you mean by that?" said the caterpillar
"그게 무슨 뜻이야?" 애벌레가 말했다
sternly the caterpillar asked her to explain herself
애벌레는 엄하게 그녀에게 자신을 설명해 달라고

요청했다
"I can't explain myself, I'm afraid, sir," said Alice
"제 자신을 설명할 수 없어요, 무서워요, 선생님,"
앨리스가 말했다
"because I'm not myself"
"나는 나 자신이 아니기 때문에"
"you see, being so many different sizes in a day is very confusing"
"보시다시피, 하루에 너무 다양한 크기가 있다는 것은 매우 혼란스럽습니다."
She pulled herself up and said very gravely:
그녀는 몸을 일으켜 세우고 매우 진지하게 말했다.
"I think you ought to tell me who you are, first"
"먼저 당신이 누구인지 말해줘야 할 것 같아요"
"Why?" said the caterpillar
"왜요?" 애벌레가 말했다
Alice could not think of any good reason
앨리스는 타당한 이유를 떠올릴 수 없었다
and the caterpillar seemed to be in a very unpleasant state of mind
그리고 애벌레는 매우 불쾌한 정신 상태에 있는 것 같았다
so she turned away
그래서 그녀는 돌아섰다
"Come back!" the caterpillar called after her
"돌아와!" 애벌레가 그녀를 불렀다
"I've something important to say!"
"중요한 할 말이 있어!"
Alice turned and came back again
앨리스는 돌아서서 다시 돌아왔다
"Keep your temper," said the caterpillar
"정신 차려." 애벌레가 말했다
"Is that all?" said Alice
"그게 다야?" 앨리스가 말했다
and she swallowed her anger as well as she could
그리고 그녀는 할 수 있는 한 분노를 삼켰다

"No," said the caterpillar
"아뇨." 애벌레가 말했다
the caterpillar unfolded its arms
애벌레가 팔을 펼쳤다
and he took the hookah out of his mouth again
그리고 그는 다시 입에서 물 담뱃대를 뺐다
and he said, "So you think you're changed, do you?"
"그래서 당신은 당신이 변했다고 생각하십니까, 그렇죠?"
"I'm afraid, I am changed, sir," said Alice
"무서워요, 제가 변했어요, 선생님." 앨리스가 말했다
"I can't remember things as I used to remember them"
"예전처럼 기억할 수 없어요"
"and I don't stay the same size for more than ten minutes!"
"그리고 나는 10분 이상 같은 크기를 유지하지 않아요!"
"What size do you want to be?" asked the caterpillar
"어떤 크기가 되고 싶니?" 애벌레가 물었다
"Oh, I don't particularly mind what size I am," Alice hastily replied
"아, 제 체격이 어떻든 상관없어요." 앨리스가 황급히 대답했다
"I just don't like changing size so often, you know"
"나는 너무 자주 크기를 바꾸는 것을 좋아하지 않아, 알잖아."
"I would like to be a little larger, sir"
"좀 더 커지고 싶습니다, 선생님"
"if you wouldn't mind," added Alice
"괜찮으시다면," 앨리스가 덧붙였다
"Ten centimetres is such a wretched height to be"
"10cm는 정말 비참한 높이입니다."
"It is a very good height indeed!" said the caterpillar angrily
"정말 좋은 높이네요!" 애벌레가 화를 내며 말했다
and he reared itself upright as he spoke
그는 말하면서 몸을 일으켜 세웠다
he was exactly ten centimetres high
그의 키는 정확히 10센티미터였다

In a minute or two, the caterpillar got down off the mushroom
1-2분 후, 애벌레는 버섯에서 내려왔다
and he crawled away into the grass
그리고 그는 풀밭으로 기어 들어갔다
as he went away, he made some little remarks
그는 떠나면서 몇 가지 간단한 말을 했다
"One side will make you grow taller"
"한쪽은 당신을 더 키울 것입니다"
"and the other side will make you grow shorter"
"그리고 다른 쪽은 당신을 더 작게 만들 것입니다"
"One side of what?" thought Alice to herself
"한쪽은 무엇이?" 앨리스는 혼잣말로 생각했다
"The other side of what?"
"무엇의 반대편이?"
"the side of the mushroom," said the caterpillar
"버섯의 옆면이요." 애벌레가 말했다
it was as if she had asked her question aloud
마치 큰 소리로 질문하는 것 같았다
and in another moment, he was out of sight
그리고 또 다른 순간, 그는 시야에서 사라졌다
Alice remained looking thoughtfully at the mushroom
앨리스는 버섯을 찬찬히 바라보았다
she was trying to make out which were the two sides of the mushroom
그녀는 버섯의 양면이 어느 것인지 알아내려고 애쓰고 있었다
At last she stretched her arms around the mushroom
마침내 그녀는 버섯을 두 팔로 감싸 안았다
and she broke off a bit of the edges
그리고 그녀는 가장자리를 약간 부러뜨렸습니다
"And now, which side is which?" she said to herself
"그럼 이제, 어느 쪽이 어느 쪽인가?" 그녀는 혼잣말을 했다
and she nibbled a little of the right-hand bit
그리고 그녀는 오른손 부분을 조금 깨물었다

The next moment she felt a violent blow underneath her chin

다음 순간 그녀는 턱 아래에서 격렬한 타격을 느꼈다

her chin had struck her foot!

그녀의 턱이 그녀의 발에 부딪혔던 것이다!

She was a good deal frightened by this very sudden change

그녀는 이 갑작스런 변화에 상당히 겁을 먹었다

she was shrinking very rapidly

그녀는 매우 빠르게 줄어들고 있었다

so she quickly ate some of the other bit of mushroom

그래서 그녀는 재빨리 다른 버섯 조각을 먹었습니다

Her chin was pressed very closely against her foot

그녀의 턱은 그녀의 발에 매우 바짝 눌려 있었다

there was hardly room to open her mouth

입을 열 틈이 거의 없었다

but she did at last manage to open her mouth

그러나 그녀는 마침내 입을 열 수 있었다

and she swallowed a morsel of the left-hand bit

그리고 그녀는 왼손 한 입 삼켰다

"my head's been freed at last!" said Alice

"드디어 머리가 풀렸어!" 앨리스가 말했다

she looked down at herself

그녀는 자신을 내려다보았다

but all she could see was an immense length of neck

하지만 그녀가 볼 수 있는 것은 어마어마한 길이의 목뿐이었다

her neck seemed to rise like a stalk

그녀의 목이 줄기처럼 솟아오르는 것 같았다

and she looked down over a sea of green leaves

그리고 그녀는 푸른 나뭇잎의 바다를 내려다보았다

"Where have my shoulders gotten to?"

"내 어깨는 어디로 간 거지?"

"And oh, my poor hands, how is it I can't see you?"

"그리고 오, 나의 불쌍한 손아, 어째서 나는 너를 볼 수 없는 거지?"

but her neck did have one benefit

하지만 그녀의 목에는 한 가지 장점이 있었다
she could move her head in any direction
그녀는 머리를 어느 방향으로든 움직일 수 있었다
in fact, she was just like a serpent
사실, 그녀는 마치 뱀과 같았습니다
she gracefully zigzagged her head down
그녀는 우아하게 고개를 지그재그로 숙였다
and she moved her head through the trees
그리고 그녀는 나무 사이로 머리를 움직였다
but then she heard a sharp hiss
하지만 그때 날카로운 쉭쉭거리는 소리가 들렸다
and she quickly pulled her head back
그리고 그녀는 재빨리 고개를 뒤로 젖혔다
a large pigeon had flown into her face
커다란 비둘기 한 마리가 그녀의 얼굴로 날아들었다
and the pigeon was violently with its wings
비둘기는 날개를 사납게 펴고 있었다

"Serpent!" cried the pigeon
"뱀!" 비둘기가 소리쳤다
"I'm not a serpent!" said Alice indignantly
"난 뱀이 아니야!" 앨리스가 분개하며 말했다
"Leave me alone!"
"날 내버려 둬!"
"I've tried the roots of trees"
"나는 나무의 뿌리를 시험해 보았다"
"and I've tried hedges," the pigeon went on
"그리고 나는 헤지를 사용해 봤어." 비둘기가 말을 이었다
"but those serpents! There's no pleasing them!"
"하지만 그 뱀들! 그들을 기쁘게 할 수 있는 것은 아무것도 없습니다!"
Alice was more and more puzzled
앨리스는 점점 더 어리둥절해졌다
"As if it wasn't trouble enough hatching the eggs," said the pigeon
"알을 부화시키는 것만으로도 문제가 되지 않는 것처럼." 비둘기가 말했다
"by night and day I must look out for serpents too!"
"나도 밤이나 낮이나 뱀을 조심해야 해!"
"I had just found the highest tree in the forest"
"나는 방금 숲에서 가장 높은 나무를 발견했다"
"surely I'd be free from serpents here?"
"여기서 뱀으로부터 자유로울 수 있을까?"
"and out comes a serpent from the sky!"
"그리고 하늘에서 뱀이 나온다!"
"But I'm not a serpent, I tell you!" said Alice
"하지만 난 뱀이 아니야, 분명히 말해!" 앨리스가 말했다
"I'm a... I'm a... I'm a little girl," she added rather doubtfully
"나는… 나는… 나는 어린 소녀다"라고 다소 의심스럽게 덧붙였다
she had after all been going through a lot of changes
어쨌든 그녀는 많은 변화를 겪고 있었다
"You're looking for eggs," said the pigeon

"넌 알을 찾고 있구나." 비둘기가 말했다
"I know that for a fact"
"나는 그것을 사실로 알고 있습니다"
"and what does it matter if you're a little girl or a serpent?"
"그리고 당신이 어린 소녀이든 뱀이든 무슨 상관이야?"
"It matters a good deal to me," said Alice hastily
"나한테는 꽤 중요한 일이야." 앨리스가 황급히 말했다
"but I'm not looking for eggs, as it happens"
"하지만 나는 달걀을 찾고 있지 않습니다."
"and I wouldn't want your eggs anyway"
"그리고 어쨌든 나는 당신의 달걀을 원하지 않을
것입니다"
"I don't like my eggs raw"
"나는 내 달걀을 좋아하지 않는다"
"Well, be off then!" said the pigeon in a sulky tone
"그럼, 꺼져!" 비둘기가 시무룩한 어조로 말했다
and the pigeon settled down again into its nest
그러자 비둘기는 다시 둥지에 자리를 잡았다
Alice crouched down among the trees as well as she could
앨리스는 할 수 있는 한 나무 사이에 웅크리고 앉았다
her neck kept getting entangled among the branches
그녀의 목은 자꾸 나뭇가지에 얽혔다
every now and then she had to stop and untwist her neck
이따금 그녀는 멈춰 서서 목을 풀어야 했다
After awhile she remembered the mushroom
잠시 후 그녀는 그 버섯을 기억해냈다
she still held the pieces of mushroom in her hands
그녀는 여전히 버섯 조각을 손에 들고 있었다
and she set to work very carefully
그리고 그녀는 매우 신중하게 작업에 착수했습니다
first she nibbled at one piece
먼저 그녀는 한 조각을 갉아먹었다
and then she nibbled at the other piece
그러고는 다른 조각을 갉아먹었다
sometimes she grew taller
때로는 키가 커지기도 했다

and sometimes she grew shorter
그리고 때때로 그녀는 키가 작아졌습니다
but finally she achieved her usual height
그러나 마침내 그녀는 평소의 키를 얻었습니다
she hadn't been her own height for some time
그녀는 한동안 자신의 키가 아니었다
so everything felt strange for a while
그래서 한동안 모든 것이 이상하게 느껴졌습니다
"The next thing to do is to get into that beautiful garden"
"다음으로 할 일은 그 아름다운 정원에 들어가는
것입니다."
"how is that to be done, I wonder?"
"어떻게 해야 할까?"
As she said this, she came upon an open place
그녀가 이렇게 말했을 때, 그녀는 탁 트인 장소에
이르렀다
there was a little house, a bit higher than a metre
1미터가 조금 넘는 작은 집이 있었다
"I wonder who lives in this little house"
"이 작은 집에 누가 살고 있는지 궁금합니다"
"I certainly can't go in as big as I am"
"나는 확실히 나만큼 크게 들어갈 수 없다"
"I would frighten them terribly!"
"나는 그들을 끔찍하게 놀라게 할 것이다!"
so she nibbled at the little mushroom again
그래서 그녀는 다시 그 작은 버섯을 갉아먹었다
and soon she brought herself down thirty centimetres
그리고 곧 그녀는 30센티미터 아래로 내려왔다

A pig and some pepper
돼지 한 마리와 후추 몇 개

For a minute or two she stood looking at the house
잠시 동안 그녀는 서서 집을 바라보았다
suddenly a footman came running out of the woods
갑자기 보행자 한 명이 숲에서 뛰쳐나왔다
he was wearing a special livery uniform
그는 특별한 상징 제복을 입고 있었다
judging by his face only, she would have called him a fish
그의 얼굴만 보고 그녀는 그를 물고기라고 불렀을
것이다
and he rapped loudly at the door with his knuckles
그리고 그는 주먹으로 문을 큰 소리로 두드렸다
the door was opened by another footman
다른 보행자가 문을 열었다
this footman too was wearing a special livery
이 보행자 역시 특별한 상징 옷을 입고 있었다
this footman had a round face and large eyes like a frog
이 보행자는 둥근 얼굴에 개구리처럼 큰 눈을 가지고
있었습니다

The footman that looked like a fish initiated the ceremony
물고기처럼 생긴 보행자가 의식을 시작했다
he pulled out something from under his arm
그는 팔 아래에서 무언가를 꺼냈다
and he pulled out from under his arm an envelope
그리고 그는 팔 밑에서 봉투를 꺼냈다
and this envelope he handed over to the other footman
그리고 이 봉투를 다른 보행자에게 건네주었다
in a ceremonious tone he told him the orders
그는 의례적인 어조로 명령을 내렸다
"This message is for the Duchess"
"이 메시지는 공작 부인을 위한 것입니다."
"An invitation from the queen to play croquet"
"크로켓을 연주하라는 여왕의 초대"
The footman that looked like a frog repeated the order
개구리처럼 생긴 보행자가 명령을 반복했다
"from the queen"
"여왕으로부터"
"an invitation"
"초대장"
"for the Duchess"
"공작 부인을 위해"
"playing croquet"
"크로켓 놀이"
Then they both bowed low
그러고는 둘 다 허리를 굽혔다
and the curls in their wigs got entangled together
그리고 그들의 가발의 곱슬머리가 서로 얽혔다
soon the footman that looked like a fish was gone
얼마 지나지 않아 물고기처럼 보였던 보행자는 사라졌다
but the footman that looked like a frog was still there
그러나 개구리처럼 보이는 보행자는 여전히 거기에
있었다
he was sitting on the ground near the door
그는 문 근처의 땅바닥에 앉아 있었다

he was staring stupidly up into the sky
그는 멍청하게 하늘을 올려다보고 있었다
Alice went timidly up to the door and knocked
앨리스는 겁에 질려 문으로 다가가 문을 두드렸어요
"There's no use in knocking," said the footman
"문을 두드려봐야 소용없어." 보행자가 말했다
"and that is for two reasons"
"그리고 그것은 두 가지 이유 때문입니다"
"First, because I'm on the same side of the door as you are"
"첫째, 나도 너와 같은 쪽에 있으니까"
"secondly, because they're making so much noise inside"
"둘째, 그들이 내부에서 너무 많은 소음을 내고 있기 때문에"
"no one could possibly hear you"
"아무도 너의 말을 들을 수 없을 거야"
And there certainly was a most extraordinary noise going on within
그리고 그 안에서는 분명 이상한 소음이 들려오고 있었다
a constant howling and sneezing
끊임없는 울부짖음과 재채기
and every now and then a sound of great crashing
그리고 이따금 큰 충돌 소리가 들립니다
as if a dish or kettle had been broken to pieces
마치 접시나 주전자가 산산조각이 난 것처럼
"How am I to get in?" asked Alice
"어떻게 들어가야 돼?" 앨리스가 물었다
"Should you get in at all?" said the footman
"꼭 들어가야 하나?" 하인이 말했다
"That's the first question, you know"
"그게 첫 번째 질문이야, 알잖아."
Alice opened the door and went in
앨리스는 문을 열고 안으로 들어갔다
The door led right into a large kitchen
문은 바로 큰 부엌으로 이어졌습니다
the kitchen was full of smoke from one end to the other

부엌은 한쪽 끝에서 다른 쪽 끝까지 연기로 가득
찼습니다
in the middle of the kitchen was the Duchess
부엌 한가운데에는 공작 부인이있었습니다
she was sitting on a three-legged stool
그녀는 다리가 세 개 달린 의자에 앉아 있었다
and she was nursing a baby
그리고 그녀는 아기에게 젖을 먹이고 있었다
the cook was leaning over the fire
요리사는 불 위에 몸을 기대고 있었다
he was stirring a large caldron
그는 커다란 가마솥을 젓고 있었다
and the caldron seemed to be full of soup
그리고 가마솥은 수프로 가득 찬 것 같았습니다
**"There's certainly too much pepper in that soup!" Alice said
to herself**
"저 수프에 후추가 너무 많이 들어있는 게 확실해!"
앨리스는 혼잣말로 말했다
she said it as best she could without sneezing
그녀는 재채기를 하지 않고 할 수 있는 한 최선을 다해
말했다
Even the Duchess sneezed occasionally
공작 부인조차도 가끔 재채기를 했다
but the baby's actions were the most noteworthy
그러나 아기의 행동이 가장 주목할 만했다
the baby was sneezing and howling alternately
아기는 재채기와 울부짖음을 번갈아 가며 울고 있었다
**there was not a moment's pause between howling and
sneezing**
울부짖는 소리와 재채기 사이에는 잠시도 멈춤이 없었다
There were two creatures in the kitchen that did not sneeze
부엌에는 재채기를 하지 않는 두 마리의 생물이
있었습니다
the cook was too busy to sneeze
요리사는 너무 바빠서 재채기를 할 수 없었습니다
and the large cat did not seem to mind the pepper

그리고 큰 고양이는 고추를 신경 쓰지 않는 것
같았습니다
instead, the large cat was grinning from ear to ear
대신, 그 큰 고양이는 귀를 쫑긋 세우고 웃고 있었다
"Please would you tell me," said Alice, a little timidly
"제발 말해 줄 수 있나," 앨리스가 약간 소심하게 말했다
"why is your cat grinning like that?"
"고양이는 왜 그렇게 웃는 거야?"
"It's a Cheshire-Cat," said the Duchess
"이건 체셔 고양이야." 공작부인이 말했다
"and that's why he's grinning from ear to ear"
"그래서 그는 귀를 쫑긋 세우고 웃고 있는 거야"
"I didn't know that a Cheshire-Cat always grinned"
"체셔 고양이가 항상 웃는 줄 몰랐어요"
"in fact, I didn't know that cats could grin," said Alice
"사실, 나는 고양이가 웃을 수 있다는 것을 몰랐다"고
앨리스는 말했다
"there is much you don't know," said the Duchess
"당신이 모르는 것이 많습니다." 공작 부인이 말했다
"there is much you don't know and that's a fact"
"당신이 모르는 것이 많고 그것은 사실입니다"
Just then the cook took the caldron of soup off the fire
바로 그때 요리사가 수프 가마솥을 불에서 꺼냈습니다
and at once she started throwing everything within her reach
그리고 즉시 그녀는 손이 닿는 곳에 있는 모든 것을
던지기 시작했다
she threw everything she could at the Duchess and the babe
그녀는 공작 부인과 아기에게 할 수 있는 모든 것을
던졌습니다
first she threw the fire-irons
먼저 그녀는 파이어 아이언을 던졌다
then she threw a handful of saucepans
그러고는 냄비를 한 움큼 던졌다
and finally she threw the plates and dishes
그리고 마침내 그녀는 접시와 접시를 던졌다
The Duchess took no notice of her

공작 부인은 그녀를 눈치채지 못했다
even when she was hit by a plate she did not worry
접시에 부딪혔을 때도 그녀는 걱정하지 않았다
the baby was already howling so much
아기는 벌써 너무 울부짖고 있었다
so it was impossible to say whether the blows hurt the baby or not
따라서 구타가 아기에게 상처를 입혔는지 아닌지 알 수 없었다
"Oh, please mind what you're doing!" cried Alice
"오, 제발 너 하는 거 신경 써!" 앨리스가 소리쳤다
and she jumped up and down in an agony of terror
그리고 그녀는 공포에 질려 펄쩍펄쩍 뛰었다
the Duchess offered Alice the baby
공작 부인은 앨리스에게 아기를 바쳤다
"Here! You may nurse the baby a bit, if you like!"
"여기! 원하신다면 아기에게 젖을 조금 먹이셔도 됩니다!"
and she flung the baby at her as she spoke
그리고 그녀는 말하면서 아기를 그녀에게 던졌습니다
"I must go and get ready to play croquet with the queen"
"여왕님과 크로켓 놀이를 하러 가야겠어요"
and she hurried out of the room
그리고 그녀는 서둘러 방을 나갔다
Alice caught the baby with some difficulty
앨리스는 어렵게 아기를 잡았다
because it was a very odd-shaped little creature
그것은 매우 이상한 모양의 작은 생물이었기 때문입니다
and the baby held out its arms and legs in all directions
아기는 팔과 다리를 사방으로 뻗었다
"I better take this child away with me," thought Alice
"이 아이를 데리고 가는 게 좋겠어." 앨리스는 생각했다
"they're sure to kill this baby in a day or two"
"그들은 하루나 이틀 안에 이 아기를 죽일 것이 확실합니다."
"Wouldn't it be murder to leave this baby behind?"

"이 아기를 두고 가는 것은 살인이 아닐까요?"
She said the last words out loud
그녀는 마지막 말을 큰 소리로 했다
and the little thing grunted in reply
그러자 그 작은 것이 꿍꿍거리며 대답했다
"you best not turn into a pig, my dear," said Alice
"돼지로 변하지 않는 게 좋겠어, 얘야." 앨리스가 말했다
"or else I'll have nothing more to do with you"
"그렇지 않으면 나는 너와 더 이상 아무 상관이 없을 거야"
Alice was just beginning to think to herself:
앨리스는 이제 막 속으로 생각하기 시작했다.
"Now, what am I to do with this creature, when I get it home?"
"이제, 이 생물을 집으로 데려오면 나는 어떻게 해야 할까?"
but then the little creature grunted a little violently
하지만 이내 그 작은 생물은 약간 격렬하게 꿍꿍거렸다
and Alice looked down into its face in some alarm
앨리스는 깜짝 놀라 놈의 얼굴을 내려다보았다
This time there could be no mistake about it
이번에는 그것에 대해 실수가있을 수 없습니다
it was neither more nor less than a pig
그것은 돼지 그 이상도 이하도 아니었다
so she set the little creature down
그래서 그녀는 그 작은 생물을 내려놓았다
and the little creature trot away quietly into the wood
그리고 그 작은 생물은 조용히 숲 속으로 걸어 들어갔다
Alice felt quite relieved to see the creature go
앨리스는 그 생물이 사라지는 것을 보고 꽤 안도감을 느꼈다
Alice was a little startled by seeing the Cheshire-Cat
앨리스는 체셔 고양이를 보고 조금 놀랐습니다
it was sitting on a bough of a tree a few yards off
그것은 몇 야드 떨어진 나뭇가지에 앉아 있었다
The cat only grinned when it saw her

고양이는 그녀를 보자마자 씩 웃기만 했다
"Cheshire-cat," began Alice, rather timidly
"체셔 고양이," 앨리스가 다소 소심하게 말했다
"would you please tell me which way I ought to go from here?"
"제가 여기서 어느 방향으로 가야 하는지 말씀해 주시겠습니까?"
"In that direction," the cat said
"그쪽으로." 고양이가 말했다
and it waved the right paw around
그리고 그것은 오른쪽 앞발을 이리저리 흔들었다
"In that direction lives a maker of hats"
"그 방향에는 모자를 만드는 사람이 살고 있습니다"
and then the cat waved its other paw
그러고는 고양이가 다른 쪽 발을 흔들었다
"and in that direction lives a march hare"
"그리고 그 방향에는 행진하는 토끼가 살고 있습니다"
"Visit either you like; they're both mad"
"당신이 좋아하는 것을 방문하십시오. 둘 다 미쳤어"
"But I don't want to go among mad people," Alice remarked
"하지만 미친 사람들 틈에 끼고 싶지는 않아요." 앨리스가 말했다
"Oh, you can't help that," said the Cat
"아, 그건 어쩔 수 없잖아." 고양이가 말했다
"we're all mad here"
"우린 여기서 모두 화가 났어"
"are you playing croquet with the queen today?"
"오늘도 여왕님과 크로켓 하고 계신가요?"
"I would like to very much," said Alice
"정말 하고 싶어요." 앨리스가 말했다
"but I haven't been invited yet"
"하지만 아직 초대받지 못했습니다."
"You'll see me there," said the Cat
"거기서 날 볼 수 있을 거야." 고양이가 말했다
and from one moment to the next the cat vanished
그리고 어느 순간 고양이는 사라졌다

soon Alice got in sight of the house of the march hare
이윽고 앨리스는 행진하는 토끼의 집을 보게 되었다
this was a very large house
이 집은 매우 큰 집이었습니다
so Alice did not want to go near the house
그래서 앨리스는 집 근처에 가고 싶지 않았습니다
first she had to nibble some more of the left side bit of mushroom
먼저 그녀는 버섯의 왼쪽 조각을 더 깨갚아야 했습니다

a mad tea-party
미친 티 파티

In front of the house there was a tree
집 앞에는 나무가 있었습니다
and under the tree there was a table
그리고 나무 아래에는 탁자가 있었다
and the table was set with all sorts of cutlery
그리고 식탁에는 온갖 종류의 수저가 놓여 있었다
the march hare and the hat maker were at the table
3월 토끼와 모자 제작자가 식탁에 있었다
and together they were having tea
그리고 그들은 함께 차를 마시고 있었다
a dormouse was sitting between them
잠쥐 한 마리가 그들 사이에 앉아 있었다
and the dormouse was fast asleep
잠쥐는 깊이 잠들어 있었다
The table was of extraordinary size
테이블은 특별한 크기였습니다
but most of the table was unoccupied
그러나 대부분의 테이블은 비어 있었습니다
they sat crowded together at one corner of the table
그들은 탁자 한쪽 구석에 옹기종기 모여 앉아 있었다
and yet they made excuses when they saw Alice
그러나 그들은 앨리스를 보고는 변명을 늘어놓았다
"No room! No room!" they cried out
"방이 없어요! 방이 없어요!" 하고 그들은 소리쳤습니다
"There's plenty of room!" said Alice indignantly
"자리는 충분해!" 앨리스가 분개하며 말했다
at one end of the table there was a large arm-chair
탁자 한쪽 끝에는 커다란 안락의자가 놓여 있었다
and Alice sat herself in the armchair
앨리스는 안락의자에 앉았다
the hat maker opened his eyes very wide
모자 제작자는 눈을 크게 떴다
he couldn't believe what he was seeing
그는 자신이 보고 있는 것을 믿을 수 없었다

but his mind was curious about other things
하지만 그의 마음은 다른 것들에 대해 궁금했다
"Why is a raven like a writing-desk?"
"까마귀는 왜 책상 같을까?"
Alice was open to the challenge
앨리스는 도전에 열려 있었습니다
"I'm glad they've begun asking riddles"
"그들이 수수께끼를 풀기 시작해서 기쁩니다."
"I believe I can guess that," she added aloud
"그건 제가 추측할 수 있을 것 같아요." 그녀가 큰 소리로
덧붙였다
The march hare grew curious about Alice
행진하는 토끼는 앨리스에 대해 점점 더 궁금해졌다
"Do you really think you can find the answer?"
"정말 답을 찾을 수 있다고 생각하십니까?"
"I think I can find the answer indeed," said Alice
"정말 답을 찾을 수 있을 것 같아." 앨리스가 말했다
**"Then you should say what you mean," the march hare went
on**
"그럼 무슨 뜻인지 말해야 해." 행진하는 토끼가 말을
이었다
"I do say what I mean," Alice hastily replied
"무슨 말인지 말이야." 앨리스가 황급히 대답했다
"at the very least I mean what I say"
"적어도 나는 내가 말하는 것을 진심으로"
"that's the same thing, you know"
"그건 똑같잖아, 알잖아"
the dormouse also contributed to the conversation
잠쥐도 대화에 기여했습니다
but the dormouse seemed to be talking in its sleep
그러나 잠쥐는 잠결에 말을 하고 있는 것 같았다
"I breathe when I sleep"
"나는 잘 때 숨을 쉰다"
"I sleep when I breathe!"
"나는 숨을 쉴 때 잠을 잔다!"
"you might as well say they are the same too"

"당신도 똑같다고 말할 수 있습니다."
"It is the same thing with you," said the hat maker
"너도 마찬가지야." 모자 제작자가 말했다
and he poured a little tea on the dormouse's nose
그리고 그는 잠쥐의 코에 차를 조금 부었다
The Dormouse shook its head impatiently
잠쥐는 참을성 없이 고개를 저었다
and again the dormouse spoke, without opening its eyes
그리고 다시 잠쥐는 눈을 뜨지 않고 말했다
"Of course, of course it is the same"
"물론, 물론 같습니다"
"that's just what I was going to say myself"
"그게 바로 내가 직접 말하려고 했던 것이야"

The hat maker turned to Alice and asked another question
모자 제작자는 앨리스를 돌아보며 다른 질문을 했다
"Have you guessed the riddle yet?"
"수수께끼는 아직 맞혔어?"
"No, I give up," Alice conceded
"아뇨, 포기해요." 앨리스가 인정했다
"What's the answer?" she wanted to know
"답이 뭘까요?" 그녀는 알고 싶었다
"I haven't the slightest idea," said the hat maker
"아무 생각이 없어요." 모자 제작자가 말했다

"Nor do I know," said the march hare
"나도 몰라." 행진하는 토끼가 말했다
Alice gave a weary sigh
앨리스는 지친 듯 한숨을 내쉬었다
"there are better uses of time than riddles without answers"
"답이 없는 수수께끼보다 시간을 더 잘 활용할 수 있다"
"have some more tea," the march hare said to Alice, very earnestly
"차 좀 더 마셔." 3월의 토끼가 앨리스에게 매우 진지하게 말했다
Alice was quite offended by the offer
앨리스는 그 제안에 상당히 기분이 상했다
"I've had not had tea yet," Alice replied
"아직 차를 마셔본 적이 없어요." 앨리스가 대답했다
"therefore I can't have any more tea"
"그러므로 나는 더 이상 차를 마실 수 없다"
"You mean you can't have less tea," said the hat maker
"차를 덜 마실 수 없다는 말씀이군요." 모자 제작자가 말했다
"it's very easy to take more than nothing"
"아무것도 없는 것보다 더 많은 것을 취하는 것은 매우 쉽습니다."
At this, Alice got up and walked off
그러자 앨리스는 일어나 걸어 나갔다
The dormouse fell asleep instantly
잠쥐는 순식간에 잠이 들었다
and neither of the others took the least notice of her going
그리고 다른 사람들 중 누구도 그녀가 가는 것을 조금도 눈치채지 못했다
though she looked back once or twice
한두 번은 뒤를 돌아보았지만,
they were trying to put the dormouse into the tea-pot
그들은 잠쥐를 찻주전자에 넣으려고 했다
"At any rate, I'll never go there again!" said Alice
"어쨌든, 다시는 그곳에 가지 않을 거야!" 앨리스가 말했다

and she walked her way through the woods
그리고 그녀는 숲 속을 걸었다
"that was the stupidest tea-party I've ever been to"
"그것은 내가 이제까지 가본 가장 어리석은 티
파티이었다."
Just as she said this, she noticed something
그녀가 이렇게 말하자마자, 그녀는 뭔가를 알아차렸다
one of the trees had a door leading right into it
나무 한 그루에는 바로 들어갈 수 있는 문이 있었다
"That's very interesting!" she thought
"정말 흥미롭네요!" 그녀는 생각했다
"I think I may as well go through the door"
"문을 통과하는 게 좋을 것 같아요"
And through the door she went
그리고 그녀는 문을 통해 들어갔다
Once more she found herself in the long hall
다시 한 번 그녀는 긴 복도에 있는 자신을 발견했다
again she was close to the little glass table
그녀는 다시 작은 유리 탁자 가까이에 있었다
she took the little golden key
그녀는 작은 황금 열쇠를 가져갔습니다
and she unlocked the door that led into the garden
그리고 그녀는 정원으로 통하는 문을 열었다
Then she set to work nibbling at the mushroom
그런 다음 그녀는 버섯을 갉아먹기 시작했습니다
she had kept a piece of the mushroom in her pocket
그녀는 주머니에 버섯 한 조각을 넣어 두었다
and finally she was about a metre tall
그리고 마침내 그녀의 키는 약 1미터가 되었습니다
then she walked down the little corridor
그러고는 작은 복도를 걸어 내려갔다
and then she finally found herself in the beautiful garden
그리고 그녀는 마침내 아름다운 정원에 있는 자신을
발견했습니다
and she was among the bright flower and the cool fountains
그녀는 밝은 꽃과 시원한 분수들 사이에 있었다

The queen's croquet ground
여왕의 크로켓 그라운드

A large rose-tree stood near the entrance of the garden

커다란 장미나무 한 그루가 정원 입구에 서 있었다

the roses growing on the tree were white

나무에서 자라는 장미는 하얗습니다

but there were three gardeners painting the rose

그러나 장미를 그리는 세 명의 정원사가 있었습니다

they were busily painting the roses red

그들은 장미를 빨갛게 물들이느라 바빴다.

and Alice was watching them paint the roses red

앨리스는 그들이 장미를 빨갛게 칠하는 것을 지켜보고 있었다

and suddenly their eyes chanced to fall upon Alice

그리고 갑자기 그들의 시선이 앨리스에게 떨어졌다

Alice spoke a little timidly

앨리스는 조금 소심하게 말했다

"Would you tell me, please;"

"제발 말해 주시겠어요?"

"why are you all painting those roses?"

"왜 다들 그 장미를 그리는 거야?"

five and seven said nothing, but looked at two

다섯과 일곱은 아무 말도 하지 않고 둘을 바라보았다

two spoke, in a low voice

둘이 낮은 목소리로 말했다

"Why, the fact is, you see, madam"

"왜, 사실은, 당신도 알다시피, 부인"

"this here ought to have been a red rose-tree"

"여기 있는 이 나무는 빨간 장미나무였어야 했어."

"and we put a white rose-tree in by mistake"

"그리고 우리는 실수로 흰 장미 나무를 넣었습니다"

"as you would agree, the queen must not find out"

"당신도 동의하시겠지만, 여왕은 알아내지 말아야 합니다"

"else we would all have our heads cut off"

"그렇지 않으면 우리 모두 머리가 잘렸을 것입니다"

"So you see, madam, we're doing our best"
"보시다시피, 부인, 우리는 최선을 다하고 있습니다"
card five had been anxiously looking across the garden
카드 5는 걱정스럽게 정원 건너편을 바라보고 있었다
At this moment card five called out, "The queen! The queen!"
이 순간 카드 5가 "여왕님! 여왕님!"
and the three gardeners instantly scurried away
그러자 세 명의 정원사는 즉시 허둥지둥 도망쳤다
and they threw themselves flat upon their faces
그러자 그들은 엎드려 엎드렸다
There was a sound of many footsteps
많은 발자국 소리가 들렸다
Alice looked around, eager to see the queen
앨리스는 여왕을 보고 싶어 주위를 둘러보았다
At the start of the procession were ten soldiers
행렬의 시작에는 10명의 군인이 있었다
their hands and feet were in the corners
그들의 손과 발은 구석에 있었다
and in their hands and feet were clubs
그들의 손과 발에는 몽둥이가 있었다
next came the ten courtiers
그 다음은 열 명의 신하들이 나섰다
the courtiers were ornamented all over with diamonds
궁정인들은 온통 다이아몬드로 장식되어 있었습니다
After the courtiers came the royal children
신하들이 온 후에는 왕실의 자녀들이 왔습니다
there were ten of the royal children
왕족의 자녀들은 열 명이었다
and all the royal children were ornamented with hearts
그리고 모든 왕실 아이들은 하트로 장식되었습니다
Next came the guests; mostly kings and queens
다음은 손님들이었다. 대부분 왕과 왕비
and among the kings and queen Alice saw someone
그리고 왕들과 왕비 사이에서 앨리스는 누군가를 보았다
she saw again the white rabbit she had chased

그녀는 자신이 쫓았던 흰 토끼를 다시 보았다
The procession was followed the knave of hearts
행렬은 마음의 칼날을 따랐습니다
he was carrying the king's crown
그는 왕의 면류관을 들고 있었습니다
and the king's crown was on a crimson velvet cushion
그리고 왕의 왕관은 진홍색 벨벳 쿠션 위에 있었다
and then came the end of this grand procession
그리고 나서 이 장엄한 행렬의 끝이 이르렀다
and there at the end were the king and queen of hearts
그리고 그 끝에는 하트의 왕과 여왕이 있었다
the procession came opposite to Alice
행렬은 앨리스의 반대편에 있었다
and they all stopped and looked at her
그러자 그들은 모두 멈춰 서서 그녀를 바라보았다
and the queen said severely, "Who is this?"
그러자 여왕은 엄하게 말했다.
She said it to the Knave of Hearts
그녀는 마음의 칼날에게 말했다
but he just bowed and smiled in reply
그러나 그는 그저 고개를 숙이고 미소를 지으며
대답했다
Alice spoke very politely
앨리스는 매우 정중하게 말했다
"My name is Alice, so please your majesty"
"제 이름은 앨리스이니 폐하를 기쁘게 하십시오."
but she had other thoughts to herself
하지만 그녀는 다른 생각을 하고 있었다
"they're only a pack of cards, after all!"
"어쨌든 그건 그저 카드 팩일 뿐이니까요!"
"Can you play croquet?" shouted the queen
"크로켓을 할 줄 아느냐?" 여왕이 소리쳤다
The question was evidently meant for Alice
그 질문은 분명히 앨리스를 위한 것이었다
"Yes!" said Alice loudly
"네!" 앨리스가 큰 소리로 말했다

"Come play then!" roared the queen
"그럼 놀러 오너라!" 여왕이 소리쳤다
a timid voice spoke to Alice
소심한 목소리가 앨리스에게 말했다
"it's a very fine day!"
"정말 좋은 날이야!"
She was walking by the white rabbit
그녀는 흰 토끼 옆을 걷고 있었다
and the White Rabbit was peeping anxiously into her face
그리고 흰 토끼는 걱정스럽게 그녀의 얼굴을 들여다보고
있었다
"a very fine day indeed," confirmed Alice
"정말 좋은 날이었어요." 앨리스가 단언했다
"Where's the duchess?"
"공작 부인은 어디 있지?"
"Hush! Hush!" said the Rabbit
"쉿! 쉿!" 토끼가 말했다
"She's under sentence of execution"
"그녀는 사형 선고를 받고 있습니다"
"What is she being executed for?" asked Alice
"그녀는 무엇 때문에 처형되는 거죠?" 앨리스가 물었다
"She scuffed the queen's ears," the rabbit began
"여왕의 귀를 긁었어." 토끼가 말을 꺼냈다
the queen shouted in a voice of thunder
여왕은 천둥 같은 목소리로 소리쳤다
"Get to your places!"
"네 자리로 가!"
and people began running about in all directions
그러자 사람들이 사방으로 뛰어다니기 시작하였다
and they all tumbled up against each other
그리고 그들은 모두 서로 부딪혔다
However, they got settled down in a minute or two
그러나 그들은 1-2 분 안에 안정되었습니다
and then the game began
그리고 게임이 시작되었다
Alice had never seen such a curious croquet ground

앨리스는 그렇게 신기한 크로켓 땅을 본 적이 없었다
the grass was all ridges and furrows
풀은 온통 산등성이와 고랑뿐이었다
The croquet balls were real hedgehogs
크로켓 공은 진짜 고슴도치였습니다
and the mallets were real flamingos
그리고 망치는 진짜 플라밍고였습니다
and the soldiers stood on their hands and feet
군인들은 손과 발로 일어섰다
because the arches was made from their bodies
아치는 그들의 몸으로 만들어졌기 때문입니다
The players all played at once
선수들은 모두 한 번에 경기를 치렀습니다
nobody waited for their turns
아무도 자기 차례를 기다리지 않았다
and everyone quarrelled with everyone
그리고 모두가 모두와 다투었다
and all were fighting for the hedgehogs
그리고 모두가 고슴도치를 위해 싸우고 있었다
soon the queen was in a furious passion
얼마 지나지 않아 여왕은 격렬한 격정에 휩싸였다
and she started stamping about and shouting
그러자 그녀는 발을 구르며 소리치기 시작했다
"Chop off his head!"
"그의 머리를 잘라라!"
"Chop off her head!"
"그녀의 머리를 잘라라!"
"Chop all their heads off!"
"놈들의 머리를 다 잘라버려!"
Again Alice thought to herself
앨리스는 다시 한 번 속으로 생각했다
"They're dreadfully fond of beheading people here"
"놈들은 여기서 사람들을 참수하는 것을 끔찍하게
좋아해"
"the great wonder is that there's anyone left alive!"
"대단한 경이로움은 살아 있는 사람이 있다는 것이야!"

She was looking about for some way of escape
그녀는 탈출구를 찾고 있었다
she noticed a curious appearance in the air
그녀는 공중에 떠 있는 기이한 모습을 알아차렸다
"It's the Cheshire-cat," she said to herself
"체셔 고양이야." 그녀는 혼잣말을 했다
"now I shall have somebody to talk to"
"이제 나는 이야기할 사람이 있을 것이다"
"How are you getting on?" said the cat
"잘 지내고 있니?" 고양이가 말했다
"I don't think they play at all fairly," Alice said
"나는 그들이 전혀 공정하게 플레이한다고 생각하지
않아." 앨리스가 말했다
and she had a rather complaining tone
그리고 그녀는 다소 불평하는 어조를 가지고 있었다
"they all quarrel so dreadfully"
"그들이 모두 심히 다투는도다"
"one can't hear oneself speak"
"사람은 자기 자신이 말하는 것을 들을 수 없다"
"and they don't seem to play by any rules"
"그리고 그들은 어떤 규칙도 지키지 않는 것 같습니다."
the cat asked Alice a question in a low voice
고양이는 앨리스에게 낮은 목소리로 물었다
"How do you like the queen?"
"여왕님은 어때요?"
"I don't like her at all," said Alice
"나는 그녀를 전혀 좋아하지 않아." 앨리스가 말했다

Alice thought she might as well go back
앨리스는 돌아가는 게 나을지도 모른다고 생각했다
she wanted to see how the game was going
그녀는 게임이 어떻게 진행되고 있는지 보고 싶었다
she went off in search of her hedgehog
그녀는 고슴도치를 찾아 떠났습니다
The hedgehog was busy fighting another hedgehog
고슴도치는 다른 고슴도치와 싸우느라 바빴습니다
this was an excellent opportunity
이것은 좋은 기회였습니다
she could croquet one hedgehog with the other
그녀는 고슴도치 한 마리와 다른 고슴도치를 고슴도치를
잡을 수 있었다
but her flamingo was on the other side of the garden
하지만 그녀의 플라밍고는 정원 반대편에 있었습니다
the flamingo was rather clumsy
플라밍고는 다소 서툴렀습니다
her flamingo was trying to fly up into a tree
그녀의 플라밍고는 나무 위로 날아오르려고 했습니다
She caught the flamingo by the leg
그녀는 플라밍고의 다리를 잡았다
and she tucked the flamingo away under her arm

그리고 그녀는 플라밍고를 겨드랑이에 끼워 넣었다
that way the flamingo couldn't escape again
그렇게 하면 플라밍고는 다시는 도망칠 수 없습니다
Just then Alice happened to meet the duchess
바로 그때 앨리스는 우연히 공작 부인을 만났습니다
The duchess was now out of prison
공작 부인은 이제 감옥에서 나왔다
She tucked her arm affectionately under Alice's arm
그녀는 다정하게 앨리스의 팔 밑으로 팔을 집어넣었다
and then they walked off together
그리고 그들은 함께 걸어 나갔다
Alice was very glad to find her in such a pleasant temper
앨리스는 그녀가 그렇게 유쾌한 태도를 보이는 것을
보고 매우 기뻤다
She was a little startled, however
하지만 그녀는 조금 놀랐다
she heard the voice of the duchess close to her ear
그녀는 귀에 가까운 공작 부인의 목소리를 들었다
"You're thinking about something, my dear"
"너 뭔가에 대해 생각하고 있잖아, 얘야"
"and that makes you forget to talk"
"그리고 그것은 당신이 말하는 것을 잊게 만듭니다"
"The game's going on rather better now," Alice said
"이제 게임이 좀 좋아졌어." 앨리스가 말했다
it was one way of keeping the conversation going
그것은 대화를 계속하는 한 가지 방법이었습니다
"it is so indeed," said the duchess
"정말 그렇습니다." 공작 부인이 말했다
"and the moral of that is this:"
"그리고 그 교훈은 이것입니다 :"
"It is love that does it all!"
"모든 것을 하는 것은 사랑입니다!"
"Love is what makes the world go around"
"사랑은 세상을 돌아가게 하는 것입니다"
Alice had another explanation
앨리스는 또 다른 설명을 했다

"it's done by everybody minding his own business!"
"다들 자기 일에 신경을 써서 하는 거야!"
"Ah, well! You could be right"
"아, 글쎄요! 당신이 옳을 수 있습니다"
"It all means much the same thing," said the Duchess
"모두 같은 의미입니다." 공작부인이 말했다
and she dug her sharp little chin into Alice's shoulder
그리고 그녀는 날카로운 작은 턱을 앨리스의 어깨에
파고들었다
"and the moral of that is this"
"그리고 그 교훈은 이것입니다"
"Take care of the sense"
"감각을 돌보십시오"
"and then the sounds will take care of themselves"
"그러면 소리는 저절로 해결될 것입니다"
but then the duchess's arm began to tremble
하지만 이내 공작부인의 팔이 떨리기 시작했다
Alice looked up and there stood the queen
앨리스가 고개를 들었을 때, 여왕이 서 있었다
the queen had her arms folded
여왕은 팔짱을 끼었다
and she was frowning like a thunderstorm!
그리고 그녀는 천둥 번개처럼 얼굴을 찌푸리고
있었습니다!
"I give you fair warning," shouted the queen
"공정한 경고를 주겠다." 여왕이 소리쳤다
and she stomped on the ground as she spoke
그리고 그녀는 말하면서 땅을 쿵쿵 밟았다
"either your head or her head must be off"
"당신의 머리나 그녀의 머리가 떨어져 있어야 합니다"
"Take your choice!"
"너의 선택을 받아라!"
"and be quick about it"
"그리고 그 일에 속히 대처하라"
The duchess made her choice
공작 부인은 선택을 했다

and within a moment the duchess was gone
그리고 순식간에 공작 부인은 사라졌다
Then the queen spoke to Alice
그런 다음 여왕은 앨리스에게 말했습니다
"Let's go on with the game"
"게임을 계속합시다"
Alice was too frightened to say a word
앨리스는 너무 무서워서 아무 말도 할 수 없었어요
and she slowly followed her back to the croquet-ground
그리고 그녀는 천천히 그녀를 따라 크로켓 땅으로 갔다
the whole time the queen quarrelled with the other players
내내 여왕은 다른 플레이어들과 다툼을 벌였다
"Chop off his head!"
"그의 머리를 잘라라!"
"Chop off her head!"
"그녀의 머리를 잘라라!"
"Chop all their heads off!"
"놈들의 머리를 다 잘라버려!"
soon all the players were in custody
얼마 지나지 않아 모든 선수들이 구금되었다
only the king, the queen, and Alice remained
왕과 왕비, 그리고 앨리스만이 남았다
Then the queen left, quite out of breath
그러고는 여왕이 숨을 몰아쉬며 떠났다
and she walked away with Alice
그리고 그녀는 앨리스와 함께 떠났다
Alice heard the king quietly say something
앨리스는 왕이 조용히 뭐라고 말하는 것을 들었다
"You are all pardoned"
"여러분 모두 용서받았습니다"
but suddenly there was another cry heard
그런데 갑자기 또 다른 외침이 들렸다
"The trial is beginning!"
"재판이 시작되고 있다!"
and Alice ran along with the others
앨리스는 다른 사람들과 함께 달렸다

who stole the tarts?
누가 타르트를 훔쳤습니까?
The king and queen of hearts were seated
마음의 왕과 여왕이 앉아 있었다
they were on their throne when Alice arrived
앨리스가 도착했을 때 그들은 왕좌에 앉아 있었습니다
there was a great crowd assembled around them
그들 주위에는 큰 무리가 모여 있었다
there were all sorts of little birds and beasts
온갖 종류의 작은 새와 짐승들이 있었습니다
and there was the whole pack of cards
그리고 거기에는 전체 카드 팩이 있었습니다
the knave was standing in front of them, in chains
칼은 쇠사슬에 묶인 채 그들 앞에 서 있었다
and there was a soldier on each side to guard him
그리고 양편에 그를 지키는 군인이 있었다
near the King was the white rabbit
왕 곁에는 흰 토끼가 있었다
he had a trumpet in one hand
그는 한 손에 트럼펫을 들고 있었다
and he had a scroll of parchment in the other hand
그리고 다른 손에는 양피지 두루마리를 들고 있었다
In the very middle of the court was a table
코트 한가운데에는 탁자가 놓여 있었다
on the table was a large dish of tarts
탁자 위에는 커다란 타르트 접시가 놓여 있었다
"I wish they'd get the trial done," Alice thought
"그들이 재판을 끝내줬으면 좋겠어." 앨리스는 생각했다
"then we could eat some of those refreshments!"
"그럼 그 다과를 좀 먹을 수 있겠어!"

The judge, by the way, was the king
그런데 재판관은 왕이었습니다
and he wore his crown over his great wig
그는 큰 가발 위에 왕관을 썼다
"That's the jury-box," thought Alice
"저게 배심원 상자야." 앨리스는 생각했다
"and those twelve creatures, I suppose they are the jurors"
"그리고 그 열두 생물들, 그들이 배심원들인 것 같군"
some were animals, and some were birds
일부는 동물이었고 일부는 새였습니다
Just then the white rabbit cried out
바로 그때 흰 토끼가 소리쳤습니다
"Silence in the court!"
"법정에서의 침묵!"
"Herald, read the accusation!" said the king
"전령이여, 고발장을 읽어 보시오!" 왕이 말했다
the white rabbit blew three blasts on the trumpet
흰 토끼는 나팔을 세 번 불었다
then he unrolled the parchment-scroll
그러고는 양피지 두루마리를 펼쳤다
and he read as follows:

그는 다음과 같이 읽었다.
"The queen of hearts, she made some tarts,"
"하트의 여왕, 그녀는 타르트를 만들었습니다."
"All this she did on a summer day"
"이 모든 일을 그 여자는 여름날에 하였다"
"The knave of hearts, he stole those tarts"
"마음의 칼날, 그는 그 타르트를 훔쳤다"
"And he took those tarts far away!"
"그리고 그는 그 타르트를 멀리 가져갔어!"
"Call the first witness," said the king
"첫 번째 증인을 불러라." 왕이 말했다
and the white rabbit blew three blasts on the trumpet
그리고 흰 토끼는 나팔을 세 번 불었다
"bring the first witness!" he called out
"첫 번째 증인을 데려오라!" 그가 소리쳤다
The first witness was the hat maker
첫 번째 증인은 모자 제작자였습니다
he came in with a teacup in one hand
그는 한 손에 찻잔을 들고 들어왔다
and he had a piece of bread and butter in the other hand
그리고 다른 손에는 빵과 버터 한 조각을 들고 있었다
"You ought to have finished," said the King
"그대는 마땅히 끝냈어야 했다." 왕이 말했다
"When did you begin?"
"언제부터 시작하셨어요?"
The hat maker looked at the march hare
모자 제작자는 행진하는 토끼를 바라보았다
the march hare had followed him into the court
행진의 토끼는 그를 따라 궁정으로 들어갔다
he had walked arm in arm with the dormouse
그는 잠쥐와 팔짱을 끼고 걸었다
"Fourteenth of March, I think it was," he said
"3월 14일이었던 것 같아요." 그가 말했다
"Give your evidence," said the king
"증거를 내놓으라." 왕이 말했다
"and don't be nervous, or I'll have you executed on the spot"

"긴장하지 마. 그렇지 않으면 그 자리에서 처형할 거야"
This did not seem to encourage the witness at all
이것은 그 증인에게 전혀 격려가 되지 않는 것 같았다
he kept shifting from one foot to the other
그는 한 발에서 다른 발로 계속 움직였다
and he looked uneasily at the queen
그리고 그는 불안한 눈빛으로 여왕을 바라보았다
and, in his confusion, he bit a large piece out of his teacup
그리고 혼란에 빠진 그는 찻잔에서 큰 조각을 깨물었다
really he meant to bite from his bread and butter
실제로 그는 빵과 버터를 한 입 베어 물려고 했습니다
Just at this moment Alice felt a very curious sensation
바로 이 순간 앨리스는 매우 이상한 느낌을 받았다
she was beginning to grow larger again
그녀는 다시 커지기 시작했다
The miserable hat maker dropped his teacup
비참한 모자 제작자는 찻잔을 떨어뜨렸다
and the bread and butter fell to the ground
그러자 빵과 버터가 땅에 떨어졌다
and he went down on one knee
그리고 그는 한쪽 무릎을 꿇었다
"I'm a poor man, your majesty," he began
"저는 불쌍한 사람입니다, 폐하." 그가 말을 시작했다
"You're a very poor speaker," said the king
"그대는 말을 잘 못하네." 왕이 말했다
"You may go," said the king
"가셔도 됩니다." 왕이 말했다
and the hat maker hurriedly left the court
그리고 모자 제작자는 황급히 코트를 떠났다
"Call the next witness!" said the king
"다음 증인을 불러라!" 왕이 말했다
The next witness was the duchess's cook
다음 증인은 공작 부인의 요리사였습니다
She carried the pepper-box in her hand
그녀는 손에 후추 상자를 들고 있었다
and the people near the door began sneezing all at once

그러자 문 근처에 있던 사람들이 일제히 재채기를 하기
시작했다
"Give your evidence," said the king
"증거를 내놓으라." 왕이 말했다
"I shall give no evidence," said the cook
"증거를 제시하지 않겠다." 요리사가 말했다
The king looked anxiously at the white rabbit
왕은 걱정스러운 눈빛으로 흰 토끼를 바라보았다
and the white rabbit spoke in a quiet voice
그리고 흰 토끼는 조용한 목소리로 말했다
"your majesty must cross-examine this witness"
"폐하께서는 이 증인을 반대 심문하셔야 합니다."
"Well, if I must, I must," the king said
"글쎄요, 꼭 해야 한다면, 해야만 합니다." 왕이 말했다
"What are tarts made of?"
"타르트는 무엇으로 만들어지나요?"
"tarts are made of pepper, mostly," said the cook
"타르트는 대부분 후추로 만듭니다." 요리사가 말했다
For some minutes the whole court was in confusion
몇 분 동안 법정 전체가 혼란에 빠졌다
eventually they all settled down again
결국 그들은 모두 다시 정착했다
but by then the cook had disappeared
하지만 그때는 이미 요리사가 사라진 뒤였다
"Never mind!" said the king
"신경 쓰지 마!" 왕이 말했다
"call to the stand the next witness"
"다음 증인을 단상으로 부르십시오"
Alice watched the white rabbit as he fumbled over the list
앨리스는 흰 토끼가 목록을 더듬거리는 것을 지켜보았다
you can imagine her surprise at what she heard next
그 여자가 다음에 들은 내용을 듣고 얼마나 놀랐을지
상상할 수 있을 것입니다
at the top of his shrill little voice, he called the name "Alice!"
그는 날카롭고 작은 목소리로 "앨리스"라는 이름을
불렀다.

Alice's evidence
앨리스의 증거

"Here!" cried Alice
"여기요!" 앨리스가 소리쳤다
She jumped up in a great hurry
그녀는 황급히 벌떡 일어났다
and she tipped over the jury-box
그리고 그녀는 배심원석을 뒤집어 엎었다
and she knocked over all the jurymen
그리고 그녀는 모든 배심원들을 넘어뜨렸습니다
and they fell on to the heads of the crowd below
그리고 그들은 아래에 있는 군중의 머리 위로 떨어졌다
Alice was in great dismay
앨리스는 몹시 당황스러웠다
"Oh, I beg your pardon!" she exclaimed
"아, 용서를 구합니다!" 그녀가 외쳤다
"The trial cannot proceed," said the king
"재판은 진행할 수 없습니다." 왕이 말했다
"the jurymen must get back in their proper places"
"배심원들은 제자리로 돌아가야 한다"
he repeated the order with great emphasis
그는 매우 강조하여 그 명령을 반복했다
and he looked at Alice sternly
그는 앨리스를 엄하게 바라보았다
"What do you know about these events?" the king asked
Alice
"너는 이 사건들에 대해 뭘 알고 있니?" 왕이 앨리스에게
물었다
"I know nothing on the subject," said Alice
"나는 그 주제에 대해 아무것도 몰라." 앨리스가 말했다
The king then read from his book
그런 다음 왕은 그의 책을 읽었습니다
"Rule forty two"
"규칙 42"
"All persons more than a mile high are to leave the court"
"1마일 이상의 높이에 있는 사람은 모두 법정을 떠나야

한다"

"I'm not a mile high," said Alice

"저는 키가 1마일도 안 돼요." 앨리스가 말했다

"Nearly two miles high," said the Queen

"거의 2마일 높이입니다." 여왕이 말했다

"Well, I refuse to go," said Alice

"글쎄요, 저는 가지 않겠어요." 앨리스가 말했다

The king turned pale

왕의 얼굴이 창백해졌다

and he shut his note-book hastily

그리고 그는 황급히 수첩을 닫았다

"Consider your verdict," he said to the jury

"당신의 평결을 생각해 보십시오." 그는 배심원들에게 말했다

he spoke in a low, trembling voice

그는 낮고 떨리는 목소리로 말했다

then the white rabbit spoke

그러자 흰 토끼가 말했다

"There's more evidence to come yet"

"아직 더 많은 증거가 있습니다"

and he jumped up in a great hurry
그리고 그는 황급히 벌떡 일어났다
"This paper has just been picked up"
"이 논문은 방금 주워졌습니다"
"It seems to be a letter written by the prisoner"
"죄수가 쓴 편지인 것 같다"
He unfolded the paper as he spoke
그는 말하면서 종이를 펼쳤다
"It isn't a letter, after all"
"어쨌든 편지가 아니니까요"
"what it was was a set of verses"
"그것이 무엇이었는지는 일련의 구절들이었다"
"Please, your majesty," said the knave
"제발, 폐하." 칼날이 말했다
"I didn't write those verses"
"나는 그 구절들을 쓰지 않았다"
"and they can't prove that I wrote anything"
"그리고 그들은 내가 아무것도 썼다는 것을 증명할 수 없습니다"
"there's no name signed at the end"
"끝에 서명된 이름이 없습니다."
the king spoke to the knave
왕은 칼에게 말했다
"You must have meant to cause some mischief"
"뭔가 장난을 치려고 했나 봐"
"else you'd have signed your name like an honest man"
"그렇지 않았다면 당신은 정직한 사람처럼 당신의 이름을 서명했을 것입니다."
There was a general clapping of hands
대체로 손뼉이 치지 않았다
and the king turned to the white rabbit
왕은 흰 토끼에게로 돌아섰다
"Read the verses," he ordered
"그 구절들을 읽어 보시오." 그가 명령하였다
There was dead silence in the court
법정에는 죽은 듯 침묵이 흘렀다

and the white rabbit read out the verses
그리고 흰 토끼는 그 구절들을 읽어 주었다
They told me you had been to her
그들은 당신이 그녀에게 가본 적이 있다고 말했습니다
And they mentioned me to him
그리고 그들은 그에게 나를 언급했다
She gave me a good character
그녀는 나에게 좋은 성격을 주었다
But she said I could not swim
하지만 어머니는 제가 수영을 못한다고 말씀하셨습니다
He sent them word I had not gone
그는 내가 가지 않았다는 말을 그들에게 보냈다
We know it to be true
우리는 그것이 참되다는 것을 압니다
If she should push the matter on, what would become of you?
만약 그녀가 그 일을 밀어붙인다면, 당신은 어떻게 될 것인가?
I gave her one, they gave him two
나는 그녀에게 하나를 줬고, 그들은 그에게 두 개를 주었다
You gave us three or more
당신은 우리에게 세 개 이상을 주었습니다
They all returned from him to you
그들은 모두 그에게서 너희에게로 돌아왔다
although they were mine before
비록 그들이 전에 내 것이었지만
If I or she should chance to be
나 또는 그녀가 기회가 있다면
If I or she were involved in this affair
만약 나나 그녀가 이 사건에 연루되었다면
He trusts to you to set them free
그분은 당신이 그들을 자유롭게 하실 것을 신뢰하십니다
Exactly as we were
우리가 그랬던 것처럼
My notion was that you had been

내 생각에는 당신이 그랬다는 것입니다.
Before she had this fit
그녀가 이 핏을 갖기 전에는
An obstacle that came between
그 사이에 끼어든 장애물
Him, and ourselves, and it
그, 그리고 우리 자신, 그리고 그것
Don't let him know she liked them best
그녀가 그들을 가장 좋아한다는 것을 그에게 알리지
마십시오
For this must for ever be a secret, kept from all the rest
이것은 영원히 비밀이 되어야 하며, 다른 모든
것으로부터 비밀이 되어야 하기 때문이다
This secret must remain a secret between yourself and me
이 비밀은 너와 나 사이의 비밀로 남아 있어야 한다
the king was very impressed
왕은 매우 감명을 받았습니다
**"That's the most important piece of evidence we've heard
yet"**
"그것이 우리가 지금까지 들어본 가장 중요한
증거입니다."
**"I don't believe those verses carry an atom of meaning,"
objected Alice**
"나는 그 구절들이 어떤 의미를 담고 있다고 생각하지
않아요." 앨리스가 이의를 제기했다
the King had his own opinion on the matter
왕은 그 문제에 대해 자기 나름대로의 견해를 가지고
있었다
**"If there's no meaning in those words, that saves a world of
trouble"**
"그 말에 의미가 없다면, 그것은 세상의 문제를 구할 수
있습니다."
"then we needn't try to find the meaning"
"그렇다면 우리는 의미를 찾으려고 노력할 필요가
없습니다"
"Let the jury consider their verdict"

"배심원들이 그들의 평결을 고려하게 하라"
"No, no!" said the queen
"안 돼, 안 돼!" 여왕이 말했다
"Sentencing first—verdict afterwards"
"먼저 선고하고, 그 후에 판결을 내린다"
"Stuff and nonsense!" said Alice loudly
"말도 안 되는 소리야!" 앨리스가 큰 소리로 말했다
"how silly it is to sentence the defendant first!"
"피고인에게 먼저 형을 선고하는 것은 얼마나 어리석은 일인가!"

"Hold your tongue!" said the queen, turning purple
"입 다물고 있어!" 여왕이 보라색으로 변하며 말했다
"I will not hold my tongue!" said Alice
"나는 내 혀를 참지 않을 거야!" 앨리스가 말했다
the queen shouted at the top of her voice
여왕은 목청껏 소리쳤다
"chop off her head!"
"그녀의 머리를 잘라라!"
Nobody made a movement

아무도 움직이지 않았다
"Who cares what you say?" said Alice
"네가 무슨 말을 하든 누가 신경 써?" 앨리스가 말했다
she had grown to her full size by this time
이때쯤 그녀는 다 자란 몸집이 다 컸다
"You're nothing but a pack of cards!"
"넌 그저 카드 뭉치일 뿐이야!"
At this, all the cards rose up in the air
그러자 모든 카드가 공중으로 솟아올랐다
and all the cards came flying down upon her
그러자 모든 카드가 그녀에게 날아들었다
she gave a little scream
그녀는 작게 비명을 질렀다
she was half afraid, but also angry
그녀는 반쯤 두려웠지만, 한편으로는 화가 났다
and she tried to fight the cards off of herself
그리고 그녀는 자신에게서 카드와 싸우려고
노력했습니다
and then she found herself lying on the grass bank
그리고 그녀는 풀밭에 쓰러져 있는 자신을 발견했다
her head was in the lap of her sister
그녀의 머리는 언니의 무릎에 있었다
some dead leaves had landed on her face
죽은 나뭇잎 몇 장이 그녀의 얼굴에 떨어졌다
and her sister was gently brushing the leaves away
그리고 그녀의 여동생은 나뭇잎을 부드럽게 털어내고
있었다
"Wake up, Alice dear!" said her sister
"일어나, 앨리스!" 언니가 말했다
"what a long sleep you've had!"
"참 오래 잤구나!"
"Oh, I've had such a curious dream!" said Alice
"아, 정말 신기한 꿈을 꿨어요!" 앨리스가 말했어요
And she told her sister all she could remember
그리고 그녀는 언니에게 자신이 기억할 수 있는 모든
것을 말해 주었다

all the strange adventures that you have just been reading about

당신이 방금 읽은 모든 이상한 모험

Alice got up and ran off

앨리스는 일어나서 도망쳤다

and she thought, while she ran, about her dream

그녀는 달리는 동안 자신의 꿈에 대해 생각했다

"what a wonderful dream it had been!"

"얼마나 멋진 꿈이었던가!"